成り上がり者の経営者は「負け」を極端に嫌う。ここまで昇り詰めるために常に勝ち続けてきたからだ。ライバル企業の台頭、売上の減少、派閥や自らの地位を脅かす存在、国際情勢の悪化など「負け」の芽を挙げればきりがない。恐怖に怯える経営者は威信を懸けて成功を掴もうとする。しかしながら、社内にその〝芽〟がある場合、烈しく怒鳴り散らし、容赦なく「対処」することも少なくない。

会社の「私物化」

ワンマン経営者に拘(かかわ)らず、独裁的思考を持つ重役や上役は、しばし会社を「私物化」する。「私物化」は会社経営を危機に陥らせる毒となりうる。特に顕著に現れるのがヒトとカネの使い方だ。遂行しなければならない我が目的・成果に対し、ヒトとカネを自分のモノのように扱い、権力を振りかざして思うがままに振る舞う。これが利他や利社的な精神で行なわれているのであればまだ許される。しかしいずれは境界が曖昧(あいまい)となり、周囲の人間からは往往(おうおう)にして利己的に映ってしまう。現代日本社会にもその一線を越え、私利私欲のために経営資源を使う例が数多く見られる。横領、特別背任、ハラスメント、その他私腹を肥やす不正——事件にはならずとも、その一歩手前の事例は多くの企業で見られる光景だろう。

だが、露骨すぎる「私物化」は、巷(ちまた)に溢(あふ)れる集団退職の原因の一つとなりかねない。

編集部

重役たちの勲章

門田泰明

祥伝社文庫

目次

ディスカウントの勲章(くんしょう)　5
謀殺(ぼうさつ)企業への勲章　89
凶薬(きょうやく)経営の勲章　177

ディスカウントの勲章（くんしょう）

1

その白いフォードは、かなり長時間に亘って同じ場所に止まっていた。真冬の午後の日差しを浴び、虚栄に満ちた高価な車体が、柔らかな光を放っている。

あたりは、ひっそりとした、冬枯れの雑木林であった。ときおり思い出したように吹き抜けていく凩が、乾いた落ち葉をカサカサと鳴らした。雑木の枝々の重なりの向こうに、純白の富士が見える。それは澄みわたった冬の青空に向かって、さながら天を裂く氷の刃の如く、冷えびえと聳え立っていた。

車の中には、人品卑しからぬ、二人の紳士がいた。一人は三十七、八、もう一人は間もなく五十に手が届く年であろうか。真っ白な髪が美しい。まるで銀の糸のようだ。

若いほうの男は、濃紺のダブルの背広を着こなし、色の浅黒い精悍な風貌をしていた。もう一方の白髪、いや銀髪の男は、一目で社会的地位の高さが解る、物静かな透徹した眼差しの紳士である。

若い男は運転席に坐し、年のいったほうは後部シートに深々と体を沈めていた。

「間もなく二時です」

運転席の男が、後ろを振り返って言った。

後部シートの男が、黙って頷く。その小さな素振りの中に、泰然と演じているかのような大物の気配を覗かせていた。が、演じているいささかの匂いはあっても、不自然さのない、本物の風格ではある。その風格が、白い高級外車に似合っていた。

若い男が、車の外に出た。右手に双眼鏡を持っている。

彼は、ゆっくりとした歩き方で、フォードから離れると、雑木の切れたあたりに立ち止まって空を仰いだ。限りなく広がる青い絨毯が、男の網膜に映る。その青さの中に、男はすぐに小さな黒点を発見すると、落ち着いた仕草で双眼鏡を覗き込んだ。その口元に、ひやりとした笑みが浮かんでいる。

黒点が双眼鏡の中で次第に大きくなり、それがはっきりとヘリコプターの形になった時、彼は双眼鏡から顔を離して、車へ足早に戻った。その歩みに、男らしい力みが漲っている。

凩が男の髪を乱した。

「来たかね、三船君……」

「ええ、間違いありません、社長」

「では近くまで行って、ヘリコプターから降りてくる人物を、念のために確認してきたまえ。私は車の中で盗聴している」

「解りました」

三船、と叫ばれた精悍な印象の男は再び車から出ていくと、車の中に残った銀髪の紳士は、背広のポケットから直径1センチほどの小型レシーバーを取り出して、耳に嵌めた。表情が、険しくなっている。

この男こそ『東日本流通業界の覇王』と自ら名乗ることで知られた、南部流通グループの総帥・高見政次、その人であった。

南部流通グループは、南部百貨店および南部鉄道、南部ストアーを中核企業とし、その傘下に百四社の企業群を抱える巨大流通コンツェルンである。

特に、急成長を続ける年商一兆五千億円を誇る南部ストアーは、東日本のスーパー業界で強力なリーダーシップを握り、まさに破竹の快進撃を続けていた。

西新宿二丁目に二十五階建ての堂々たる南部流通総本部ビルを構えるこの企業集団は、本部ビルと並ぶかたちで南部鉄道の始・終着ステーションビル十五階建てを置き、戦後新興財閥の一大勢力を形成していた。

全国に高級ブランドの『帝国プリンセスホテル』および『プリマドンナホテル』を

展開する南部鉄道グループは、営業路線三百キロに及ぶ南部鉄道を中核とし、その傘下に財務体質の優れた七十九の企業群を擁している。この南部鉄道グループを支配しているのが、高見政次の実弟、高見良昭であった。

良昭は、まだ四十五歳の若さであったが、既に兄政次に劣らぬ大経営者の片鱗を見せ、関東財界のプリンス的存在であった。長身で容姿に恵まれ頭も切れることから、若手経営者たち憧れの的でもある。

南部流通グループの代表的資産は『店舗』と『流通商品』であったが、南部鉄道グループの財力は、五億六千万平方メートルにも及ぶ『土地』に代表されていた。

関東財界の重鎮たちは、この高見兄弟を、既に次代の財界指導者として、はっきりと認めている。

それほど政次・良昭の経営手腕は、若手財界人の中でも、群を抜いて光っていたのである。

三船は、雑木の枝を払いのけながら、目ざす場所に向かって落葉を踏み鳴らした。

ヘリコプターは回転翼をうるさく響かせながら、三船が肉眼で操縦席が確認できるほどまで降下していた。せまい場所での発着や超低空飛行などに威力を発揮するヒューズ五〇〇型小型ヘリである。

南部ストアーの取締役統括部長である三船司郎は、高見政次が最も心の許せる側近であり、流通グループ最年少の重役であった。

政次は、経営戦略に絡んだ隠密行動をとる時は、必ず三船にフォードを運転させる。

三船は、雑木の枝で幾度も頰を叩かれながら〈その場所〉へ急いだ。

フォードから、二百メートルほど南東へ行ったあたりに、雑木林が円形に切り開かれたところがあった。その円形の平坦地の片隅に、河内事務所建設予定地、と書かれた小さな看板が立てられている。

三船は、その看板の字が読みとれるところまで行くと、楡の老樹の蔭に、そっと片膝ついて体を沈めた。彫りの深い引き締まった顔の中で、切れ長な双眸が気迫を漲らせている。

小型ヘリはやかましく回転翼をさわがせつつ、楡の木陰に潜む三船の直ぐ先に迫っていた。

三船も高見も、河内事務所建設予定地、と書かれた看板の『意味するところ』を、既に承知している。承知しているからこそ今日、この地へ密かに訪れたのだ。

『八王子市滝山の丘陵地帯が、かなりの広さにわたって関西の実業家に買い占められた気配がある』

南部鉄道の広報管理室から、そう言う情報がもたらされて、ちょうど一カ月が経っていた。

土地の動きに対する南部鉄道グループの監視網は、ＩＢＭの大型コンピューターを駆使して、全国的規模で網の目のように張りめぐらされている。陸・海・空の自衛隊の基地までが土地動静の監視網に組み入れられている程の緻密さだ。むろん防衛省が気付く筈もない。

関西の実業家が、極秘裏に買い占めたとされるその土地も、この南部鉄道グループの監視網に、ひっかかったのであった。

高見の指示で、直ちに情報の裏付調査を開始した三船は、仰天した。買い占められた土地面積は、約五千坪の広さに及び、しかも買い占めた関西の実業家というのが、河内功助、と言う恐るべき人物だったからである。

河内功助――それは高見政次の脳裏から、片時も消えたことのない、おぞましい人物の名であった。

高見が東日本流通業界の覇王なら、河内は西日本流通業界の鬼、いや『**日本の流通鬼**』と呼ぶにふさわしい男と言えた。この河内が支配するスーパー・ダイオーは、年商五兆円をこえる、わが国最大のチェーン・ストアーであり、その傘下に連結子会社二十二社を含む九十三社の企業群を抱えている。

大阪・梅田駅前に二十五階建てのダイオー総本部ビルを構える河内は、西日本全域の制覇を殆ど完了させ、次の攻撃目標として米国市場および首都圏への絨毯爆撃を狙っていた。

だが首都圏には、南部流通グループを筆頭に置く、強力な流通企業群がずらりと揃っており、いかに日本最大のダイオーといえども、鼻息荒く真正面から突撃する訳にはいかなかった。特に関東商人は、関西商人の上京に対して伝統的なアレルギーと蔑視の感情を有している。そう、伝統的な。

『敵』のその感情を無視して、もし河内が首都圏へ正面きった進出をしかけたなら、関東流通業界、いや、東日本流通業界は強力なスクラムを組んで猛烈な反撃をする恐れがあった。

河内は、それを警戒していた。凄絶な流通戦争が関東商人と関西商人の間で勃発したなら、その戦争解決に余計なエネルギーが費やされ、かえって店舗展開の遅れる可能性がある。

スーパー経営の生命はスピードに乗った多店舗化にあり、従って店舗展開の脚を引っ張るようなトラブルは、極力避けて通る必要があった。

河内が息を潜ませ、極秘裏に八王子郊外の丘陵地帯を買い占めたのも、そういった紛争を恐れたが故である。

ところが迂闊にも河内は、極秘裏買収の動きが、南部鉄道グループの緻密な監視網に引っ掛かってしまっていることを知らなかった。言いかえれば、河内はそれだけ、オール南部の凄まじい底力を、まだ充分に摑みきっていなかった、ということになる。迂闊と言えば迂闊であり、河内らしくなかった。

高見と三船は、河内の買い占めた土地は、配送センター建設のための用地に違いない、と読んでいた。目と鼻の先に中央高速道路の八王子インターがあり、その高速道路と連結する基幹道路網を使って、東京23区へ出るにも山梨、栃木、群馬、静岡、岐阜などの大農業県へ行くにも便利だったからである。

だが高見と三船は、河内功助の経営戦略が単にそれだけではないことを、やがて思い知るのであった。

小型ヘリは、三船の頭上で二度大きく旋回してから、雑木林が切り開かれた円形の平坦地へ、用心深く着地した。

落ち葉が激しく舞いあがり、冬枯れの雑木の枝々が今にも折れんばかりに、しなった。

三船は双眼鏡を顔へ持っていった。

操縦席の窓ガラスを通して、三人の男の顔が見えた。一人は操縦士と判るが、あとの二人はカーキ色の作業服を着ていた。

三船は緊張して双眼鏡を下ろした。

小型ヘリのメイン・ローターと尾部ローターが止まり、雑木林の中に漸く静寂が戻った。

宙に舞いあがった枯れ葉が、蝶が踊るように、ひらひらと落ちてくる。その落葉吹雪の中へ、カーキ色の作業服を着た二人の男がヘリから降り立った。

二人は、操縦士に軽く手をあげて、足早にヘリから離れた。

ヘリのローターが再び回転し始め、機体が、ふわりと地上から離れた。そして、何事もなかったかの如く、そのまま、ぐんぐんと遠ざかっていく。

二人の男が、ホッとしたように顔を見合わせて微笑み、例の立て看板を指さしながら、何やら話し始めた。

何を話しているのか、三船には、まるで聞こえなかった。しかし、ヘリが着陸した周囲の雑木に目立たぬよう、あらかじめ高性能盗聴器を幾つか設置してある。その盗聴器が捉える音声を、フォードの中で銀髪が美しい高見政次がレシーバーで聞いている筈だった。

（年のいったほうの男は、間違いなく河内功助だが、あの若い男は……）

三船は、背広の内ポケットから黒革の表紙の手帳を取り出した。手帳の頁ごとに、ダイオーの全重役二十七名の顔写真が、順次びっしりと貼り付けられている。三船は、それらの写真の中から、いま目の前で河内と親し気に話している若い男の正体を探ろうとした。

「あった……」

手帳の何頁目かに、その男の顔写真が貼られていた。写真の下に、取締役経営企画室長・花房昌平、三十九歳、と三船の字で書かれている。

（あの男が河内の懐刀と言われている花房昌平か……）

三船の胸中に、むらむらと熱い闘争心が湧きあがってきた。三船も、高見政次の最強の側近、と評されているほどの男だ。しかも三船は、若いが筆頭取締役である。

（相手にとって、不足はない）

三船は、ギラギラとした目で、河内と話している花房の顔を睨みつけた。河内功助の経営戦略の多くは殆ど、この花房昌平から出ていると言われてきた。ビジネス業界紙・誌では、よく知られた話だ。そしてまた、高見の流通戦略も、取締役統括部長・三船司郎の大胆な戦術的発想の中から生まれてくることが多かった。とくに三船は**『先の先』を読み切って**ビジネスを組立てることに秀れていた。

花房の顔立ちは、浅黒く精悍な容姿の三船とは対照的であった。色がぬけるように白く女のように優しい顔立ちをしている。大きな丸い瞳にも、薄く赤い唇にも、妖しいほどの女の気配が漂っていた。その**女の気配**が、花房という男に、実によく似合っていた。いやらしいという感じは少しもなく、むしろ楚々とした清らかな印象すら漂わせている。

河内と花房は、お互い赤い表紙の手帳を開きながら、長いこと同じ場所に立って話し込んでいた。その話の最中に、花房は風邪でもひいているのか、しきりに軽い咳を漏らした。

凩にさらされて、三船の肉体も、芯まで冷えきっていた。気を抜くと、歯の根がガチガチと震える。

およそ一時間ほど経って、河内と花房は雑木林から出ていった。これから何処へ向かうのか？

三船は、設置した盗聴器を回収すると、高見が待つフォードへと戻った。頬の筋肉が、ごわごわと凍っている。

「ご苦労さん……」

高見は、外国葉巻をゆったりとくゆらせながら、三船をねぎらった。

「ヘリから降りてきたのは河内功助社長と、その懐刀の花房昌平経営企画室長でした」

「矢張りな。盗聴した話の内容から、たぶんそうだろうと思っていた」

「で、二人は何を話していたのですか。私には全く聞こえませんでしたが」

「河内功助の買い占めた、この五千坪の雑木林のうち四千坪が配送センターとして利用されることが解った。配送センターには、高層の冷凍倉庫が建設されるらしい。残りの千坪は訓練センターだ」

「訓練センター？……」

「正式名称を関東(かんとう)ダイオー社員能力開発センターにすれば、と二人が言っていた。要するに首都圏、いや、東日本市場に対するダイオーの進出が本格的に開始されようとしているのだ。大規模な社員能力開発センターと配送センターの建設計画が、如実にそれを物語っている。そう思わないかね、三船君」

「う、うむ……いよいよ両雄激突ですか」

「ふっふっ、関東勢力の力を思いきりダイオーに見せつけてやればいいのだよ、三船君。そうすれば河内功助も慌てる」

「河内と花房は、今日どのあたり迄を空から視察したのか、話しておりましたでしょうか」

「千葉県と埼玉県南部を見たようだな。この二県が河内の最初の進出目標だとしたら、君はどちらの県が先に手を付けられると考えるかね」

「埼玉県だと思います。特に埼玉南部の大宮、浦和、上尾あたりに中型店舗をかなりの数、展開しそうな気が致しますね。埼玉県は地元商店守護の目的で、条例により他県から進出してくる店舗の面積を五百平方メートル以下に規制していますから」

「私は、千葉・埼玉は同時に狙われると見ている。埼玉は、君が言ったように中型店舗になるだろうが、千葉に対しては、河内はきっと大型店舗を持ってくる。そうは思わんかね」

「大型店舗だと、まず津田沼、船橋あたりのベッド・タウンが狙われそうですね」

「その通りだよ、三船君。ま、いずれにしろ首都圏の各ヘリ会社の操縦士に手をまわしておいてよかった。河内功助の隠密行動が事前に把握できたからね」

三船は、高見の話に頷き返しながら、フォードのエンジン・キイをひねって車をスタートさせた。

南部流通グループには、傘下に小型ヘリ・飛行機専門の航空会社を抱えている強みがあった。河内功助が仕事でよくヘリコプターや小型飛行機を使うことを早くから掴んでいた高見は、傘下のその航空会社に命じて、首都圏にある七つのヘリ専門会社に、密かに手を回していたのだ。むろん、それらのヘリ専門会社の操縦士たちに対しては、相当額のカネを掴ませてある。

南部鉄道グループの土地監視網だけでなく、河内功助は高見政次のヘリ航空監視網にもひっかかったのであった。

(高見対河内の対決は、そのまま三船対花房の闘いになる)

三船は、日本最大のスーパーの動きに、ゾッと総毛立つものを感じながらも、打倒花房に甘美な陶酔感すら覚えた。

2

河内功助と花房昌平は、西新宿二丁目に建つ白亜の超高層ホテルに、偽名を使って泊まっていた。経営戦略上の隠密行動をとる時、河内功助の秘密主義は徹底している。それほど、この『**日本の流通鬼**』は、用心深く神経質な男であった。

ダイオーは既に、池袋に『シークレット』と称するオフィスを密かに構え、切れ者と評判高い取締役企画室長・小田康彦と三十名の精鋭スタッフを『進出準備班』として配置していた。しかし今回の河内、花房の上京は、この『シークレット』班にさえ、知らされていない。

河内の泊まっている豪華なスイート・ルームの窓からは、西新宿一丁目に建つ二十五階建ての南部流通グループ総本部ビルが、手に取るように眺められた。

窓の外には、もう夜の妖しくきらびやかなネオンが輝き始めている。

その窓際のソファに、いま三人の男が腰を沈めて真剣な顔で向き合っていた。

河内と花房は並んで坐り、その二人と向かい合って、小柄な銀髪の老人が、苦悩の表情を見せて坐っている。

「どうしても買い戻しを承知して下さらんのですか、河内社長」

老人は、青ざめた顔で言った。河内は豊かな黒髪を両手でかきあげながら、さも不快気に、首を横に振った。

「倉橋会長、私は遊びで株を買ったんと違いまっせ。私は、あんたと手を組みたいからスーパー・カクエイの株を千六百九十万株も買い集めたんや。私はカクエイを乗っ取るつもりなんかあらへん。私が欲しいのは、食品と衣料に強いカクエイとの業務提携だけや。あんたは、なんでそれほど天下のダイオーを嫌うんや」

ドスを含んだ関西弁でまくしたてる河内の目は、獲物を見つけたハイエナのようにギラついていた。その河内の隣で、花房が側近らしく控え目に頷いている。

老人の名は倉橋九太郎、埼玉県浦和市に本部を構え、東証二部に上場されているスーパー・カクエイのワンマン会長であった。年商五千億円に達するカクエイは、食品、衣料に強い中堅スーパーで、埼玉と千葉に百十店の中型店舗を展開し、独自の営業基盤を確立している。

倉橋九太郎は、生っ粋の埼玉県人で、若い頃に四人の弟たちと一緒に衣料・食品問屋を始め、今日のカクエイを築きあげた苦労人であった。そのワンマン指導力には卓越したものがあり、七十八歳の高齢でありながら、依然として現役独裁者の地位にあって、弟たちを押さえている。

この老人と、ちょうど二十年の開きがある河内功助も、独裁経営者としては、人後に落ちぬ男であった。河内は、どちらかと言えば人材を〈消耗品〉として見る傾向が強く、自分の気に入らぬ者は、どれほど優秀であっても、容赦なく捨てていく。そのため、これまでにも、多くの優れた人材が、河内と縁を切っていた。その殆どの者が、河内のアクの強さに嫌悪感を覚えている。しかし、日本一のダイオーは、まぎれもなく、このアクの強さによって築かれたのであった。

「河内社長、あなたもご存知のように、カクエイは倉橋一族五人の手によって平和的に運営されている同族企業です。我々は、他社との業務提携などを必要としとらんのです。これからも倉橋一族の手だけで、地道に会社を伸ばしていきたいと考えとるんです。どうか解って下さい」

倉橋会長は、そう言って、二十歳も年下の河内に、深々と頭を下げた。老人の腹の中は、煮えくり返っていた。もともと気性の烈しい頑固一徹な倉橋九太郎である。その彼が、必死で自分を抑えて、河内に頭を下げているのであった。なにしろ相手は、いつの間にかカクエイの発行済み株式の四七パーセントを買い占め、一気に第一位の大株主に躍り出ているのである。カクエイを支配する倉橋一族の株を集めても、三五パーセントにしかならない。同族外重役と社員持株会の株を集めても、やっと四三パーセントである。そこに、倉橋会長が腰を低くしなければならぬ理由があった。

「倉橋会長、あんたも独裁会長と言われるほどの人や。私の頼みを、男らしゅうドンと承知してくれたらどうですねん。ダイオーの関東進出には、埼玉と千葉に於けるカクエイの協力がどうしても必要なんですわ。だから頭を下げて業務提携をお願いしとるんやおまへんか」

「なんと言われても、これだけは……」

「そうでっか。承知してくれまへんのやな」

河内の表情に、凄味が加わった。倉橋老人は、蒼白になって、その顔を見返した。

「業務提携を承知してくれたら、ダイオーはカクエイの店舗展開に力を貸しまひょ。それに、カクエイの営業基盤に迷惑をかけないよう、ダイオーの店舗展開には慎重になることを約束しますわ。これでも、あきまへんか。倉橋さん」

「お言葉ですが……」

「これやから関東商人は、あかん。共存共栄ちゅうもんが、まるで出来んのや。あんたも根性のない独裁会長ですな。こうなったら、ダイオーは、カクエイの行く先々へ強力な店舗を出しまっせ。それでも、よろしいのやな」

「そ、それが、天下のダイオー社長の、言われるお言葉ですか。河内さん、あなたは、どうしてこの老人を、それ程までに追いつめようとなさる。業務提携を望まれるなら、もっと優秀な会社が、ほかにも沢山あるではないですか」

「なるほど、確かに沢山おます。しかし私はカクエイと業務提携がしたい。ただそれだけですねん。そのために株を買い占めて、筆頭大株主になった……そやけど私は大株主の力でカクエイを攻める気は毛頭おまへん。もっとも、私の紳士的態度にも限度はありまっせ」

「河内さん、あなたって人は……」

「ま、今夜は衝突しないで機嫌よく別れまひょ。帰って倉橋五兄弟で、もう一度よく相談しなはれ。商人は現時点を見つめたらいけまへん。先に企業の幸せっちゅうもんが、おまんのや。将来を見なはれ、将来を……そしたら、答えは自然に出てきまっせ」

河内は、そう言うと、ジロリと老人を睨みつけて軽く舌打ちした。

老人は、ソファから立ちあがると、河内に怨念のこもった流し目をくれて、よろめきながら部屋から出ていった。

「評判通り、頑固なジジイやな」

河内は、花房と顔を見合わせて苦笑した。

彼は、どうしてもカクエイが欲しかった。

最初は紳士的にカクエイと業務提携し、機会がきたらダイオーに吸収するハラであった。

（最初から一店一店築きあげていくよりも、衣料、食品に強い中堅スーパーを乗っ取

ったほうが、てっとり早い）

河内は、最短距離で首都圏上陸を果たすには、それが最良の方法である、と考えていた。

河内の首都圏上陸計画は、実は数年前にも密かに実行されかけたことがあった。この時も彼は、東京・江戸川区に本部を置く東証一部上場の中堅スーパー・十時屋に狙いを定めて、その株を千七百万株まで買い占めたことがあった。

むろん筆頭大株主である。

しかし、この作戦は結局、失敗に終わった。

十時屋の株買い占めが、早くからマスコミにすっぱ抜かれて世間で騒がれてしまったことと、十時屋の背後に、大手商社と、複数の関東系デパートの力が存在していたからである。

さらに東京証券取引所までが『ダイオーが買い占めた株を手放さない限り、十時屋は浮動株不足で一部市場から二部市場へ転落する恐れがある』と、間接的に揺さぶりをかけてくる有様であった。

これに懲りた河内は、カクエイ株の買い占めは地下に潜って実行した。まず買い占めの最高責任者に花房を置き、その花房が、大手仕手グループである大東京金融投資顧問会社を使って、カクエイ株を買い占めさせた。大東京金融投資顧問会社は、〈日本の首領〉と言われ、政財界に壮大な闇の勢力を広げる大物フィクサー・笠川了一郎の支配会社である。つまり日本の流通鬼・河内功助は、己れの野望である関東上陸を果たすために、〈日本の首領〉と組んだのであった。

カクエイの株価は、六百円で安定している。

この株を千六百九十万株買い占めると、百億円以上のカネがいることになる。日本の首領・笠川了一郎は、河内のこのスケールの大きな野望に共鳴した。

「流石は日本一の大阪商人や。あんたは今に世界一のスーパー王になる」

笠川了一郎は、そう言って、河内に協力を約した。

日本の首領も、関西で生まれ、関西で少年時代を過ごした男である。恐らく関西人同士の贅六根性が、仲間意識で結び合ったのだろう。

「笠川さんへの礼金は札束で五億。それ以上も、それ以下も出す気はおまへん。支払いは買い占めが終了した翌日。それでよろしいでっか」

笠川に株買い占めを頼む時、河内は最初にはっきりと断言した。大阪商人特有のカネの出し方である。これがいっそう、笠川は気に入った。

こうしてカクエイの株買い占めは、静かに進行したのである。買い占められた株は、数年前の十時屋の時のようにダイオー名義とせず、全て関連会社九十三社へ振り分けられた。

このダイオーの戦略に、カクエイ首脳陣は、土壇場まで気付かなかった。

「カクエイは十時屋みたいに逃がさへんで。カクエイを食って、一気に埼玉、千葉を征服するんや。それが終わったら神奈川、茨城、栃木、群馬の関東系スーパーを、のきなみ叩き潰したる」

河内は、そう言って花房の肩を叩くと、黄色い歯を見せて哄笑した。

「そやけど社長、あれの動きには充分に注意しまへんと……」

花房は、そう言いながら、夜の帳がおりた窓の外を指さした。

漆黒の闇の中に、南部流通グループ総本部ビルが不夜城の如く浮きあがっている。

「大丈夫や、花房君。高見の若僧なんか片足で蹴散らしたる。なにが南部流通グループの総帥や。高見の吐く経営論なんか、机上の空論やないか。マスコミを意識して、格好ええことばっかし言うとる」

「社長にかかったら、高見政次も形なしですね」

「当たり前や。それよりも花房君、近頃少し顔色がようないで。今夜はマッサージでも呼んで、早目に寝たほうがええ。きっと疲れが体の中にたまっとるんや。河内功助は人使いが荒いからなあ」

河内は、いかにも申し訳なさそうな顔をつくって言うと、ソファから立ちあがった。

人材は消耗品、という考え方の強い河内も、花房に対してだけは優しかった。それだけ花房の職務手腕を高く買っているのである。

いま花房に倒れられると、河内は正直のところ困るのであった。

「顔色がようないのは、生まれつきですわ。けど、お言葉に甘えて、今夜は早く休ませてもらいます」

花房は、河内に頭を下げて、隣の自分の部屋へ戻った。東京へ来てから、もう三週間になる。実際、華奢（きゃしゃ）な肉体は疲労が濃かった。

カクエイの株買い占めと、関東上陸作戦画策（かくさく）のため、このところ花房は、月のうち半分以上を東京で過ごしている。大阪の淀川（よどがわ）区塚本（つかもと）に残している病弱の妻子が気がかりであっても、家庭の事情に理解を示してくれるような河内ではなかった。仕事、仕事、仕事、そしてカネ、カネ、カネ、それが河内の人生哲学である。『**仕事**すなわち**カネ**』の哲学だ。

花房は、自分の部屋へ戻ると、フロントへマッサージを頼んだ。疲労のせいか、胸と背中に鈍い痛みを覚える。

マッサージ師は、すぐに来た。白衣を着た若い女のマッサージ師であった。豊かな体をしている。

女は、花房の素肌に触れるなり、随分とお疲れですわ、と言った。口元に妖しさのある女であった。

「関西のお方ですのね。よく東京へいらっしゃいますの」

女は、そう言いながら、花房の背中や腰を揉んだ。心地よい刺激が、ゆっくりと体の隅々へ広がっていく。

女の手は、温かであった。

「月のうち半分以上は東京生活や。たいていこのホテルに泊まるで。あんた、ときどき贔屓にしたるわ。そのかわり安うしといてや」

「大いに常連割引をさせて頂きますわ。お望みでしたら、東京案内なども致しましてよ」

「あほ言え。大阪商人は東京を隅々まで知り尽くしとるわ。その上でいろいろな作戦を立てるんや。軽う見んといてや」

「難しいお仕事のようですのね。大阪商人相手では、とても東京商人に勝ち目はない、などとよく言われますけど本当ですか?」

「当たり前や。東京商人は見栄や格好で商売しよる。大阪商人は客第一や。自分を押し殺してでも客の顔を立てよる。そやから大阪商人は強い。強いから東京商人に嫌われ、恨まれるんや」

「恨み、と言えば、つい先程まで、この部屋の前の廊下を、身形の良い小柄な白髪のお年寄りが、うろうろしていましたけど……もしや」

「な、なんやて、倉橋会長まだいたんかいな」

「矢張り、このお部屋に関係あるご老人でしたのね。なんだかとっても思いつめたような顔をしてらっしゃいましてよ。私の顔を見ると、慌ててエレベーターに飛び乗りましたわ。で、誰ですの、その倉橋会長って……」

「マッサージ師に関係ないことや。それよりも、どうや……五万円出したるで」

　花房は、そう言うと、矢庭に女の手首を摑んで引き寄せた。女は、低い叫び声をあげて、逃げようとした。

　花房は、女を羽交い締めにしてベッドの上に押し倒した。それは色白の優しい顔立ちをした花房には不似合いなほど、俊敏な豹変であった。学生時代から、花房は人一倍、女遊びをしてきている。女のように透きとおった秀麗な容姿を武器にして、彼はこれまでに幾人もの女を泣かせてきた。どちらかと言えばおとなしい印象の花房に、たいていの女が初対面の時から気を許す。その間隙を、彼の毒牙が襲うのであった。

　しかし花房は、女との関係をいつまでもだらしなく続けることを嫌った。たいてい四、五回激しくむさぼり食うと、潮がひくように女から遠ざかっていく。その去り方に、色男の鮮やかさがあった。

　花房は、女の白衣の胸元を、力まかせに押し開いた。ボタンが、ちぎれ飛んで、スリップの下の乳房が見えた。

「や、やめて、お客さん……」

　女は必死で抵抗した。だが花房は、馴れた手つきで、女の着衣を一枚一枚むいていく。

　乳房が露になった。

3

『帝国プリンセスホテル**東京**』のバンケット・ホールに、十数人の紳士が緊張した面持ちで集まっていた。部屋の空気が、ビリビリと張りつめている。

テーブルの上には、豪華なフランス料理が並べられていたが、紳士たちの殆どは、口をへの字に結んで、腕組みをしたままだった。

『帝国プリンセスホテル東京』は、南部鉄道グループが経営する全国展開の国際級ホテルの中で、最大規模を誇り、どの部屋の窓からも、皇居の森が眺められるのが自慢であった。

その窓を背にして、一人の男が直立不動で立っていた。高見政次の指示で、今夜の会合の進行役を引き受けている、取締役統括部長の三船司郎である。

そして、その三船を食い入るように見つめているのは、東京百貨店連合に加盟する、各名門デパートの首脳たちであった。東京百貨店連合は、東京に本社を置く純関東系デパートだけで構成される、業界団体である。

つまり、関西系デパートは排除されていた。要するに東京商人特有の、極めて閉鎖的な集まりだった。この東京百貨店連合の首脳たちとテーブルをはさんで、いま東京私鉄連合大手七社のトップが、珍しく同席していた。もっとも、この七社の私鉄は、それぞれ巨大デパートを別法人で持っており、その意味では、東京百貨店連合と切っても切れない仲と言えた。

「……と言うような訳で、ダイオーはいよいよ関東制覇に全力を投じる気配を見せております。ご存知のように、ダイオーは五年前に十時屋乗っ取りに失敗し、関東上陸をいったん断念しました。しかし今度は、今もご説明しましたように八王子郊外に既に広大な用地を買収しており、加えて、手薄だった池袋の**シークレット**と称する東京事務所も、いつの間にかスタッフを相当に増強しています。河内の最初の狙いである埼玉、千葉への進出は、間もなく火ぶたを切るものと、警戒せねばなりません」

三船は、よく通る力強い声で言うと、一礼して席についた。

かわって高見政次が立ちあがって、皆の顔を見まわした。

「いま三船君が申しましたように、ダイオーは今度の関東上陸、特に埼玉、千葉制圧に総力をあげると考えねばなりません。そして返す刀で、東京、神奈川に切り込んでくるはずです。価格破壊者であることを自認するダイオーに、関東上陸を許せば、紳士協定で結ばれている関東流通業界の価格体系が、たちまち**関西価格**に乱される恐れがあります。関西価格は強敵です」

高見が言うと、居並ぶ誰もが、深刻な顔で頷いた。

ダイオーは、確かに〈価格破壊者〉であった。薄利多売を基本方針とし、そのため経常利益率も一・三パーセントあたりを上下しているに過ぎない。たとえば一兆円を売り上げても、経常利益は百五十億円を切るのである。だが関東流通業界にとっては、それが怖いのであった。利益を抑えて一兆円、二兆円、三兆円という凄まじい売上高をぶっつけてこられては、高見が言うように、間違いなく関東の価格体系はかき乱される。

それでなくとも、各百貨店の売り上げは著しく伸び悩んでいるのだ。

「高見社長、ダイオーの関東上陸は絶対に黙認する訳にはいきませんぞ。関東系の大手スーパーは比較的おとなしいが、それでもダイオーが乗り込んできたら、連中だってダイオーとの価格戦争に夢中になるはず。そうなると百貨店業界は、ますます苦境に追い込まれることになる。こいつあ、結束して反撃態勢を早く整えるべきじゃあないですかな」

関東流通業界の長老格である、京欧百貨店（けいおうひゃっかてん）の会長・大林正忠（おおばやしまさただ）が、穏やかな口調で言った。温厚な人格者で、東京百貨店連合の代表世話人であったが、表舞台に立つことを嫌う、謙虚な人柄であった。そのため会のリーダーシップは、ごく自然に高見政次がとるようになっている。

「ダイオーが上陸して、関東の価格体系が乱れると、大林会長の申されるように、スーパー業界が価格戦争に突入することは避けられません。そうなれば好むと好まざるとに拘（かか）わらず南部ストアーが、価格戦争の先頭に立たざるを得なくなるでしょう。実は、ここへ来る前に、関東スーパー協会の会議を既に済ませてきたのですが、その席で、ダイオーへの反撃態勢を早急に整える、という意見が全員一致で採択されたんです」

「ほう、それは我々にとっても心強いことだ。大同団結が実現しますな」

大林会長が、そう言うと、部屋の中の空気が、やっと緩んだ。それまで強張った顔をしていた経営者たちが、葉巻やタバコをくゆらし始める。

「関東スーパー協会の会議では、対ダイオー戦略をどうするか、この百貨店連合の会議に一任する、と言っとります。そこで皆さん、私は次の五つの案を考えてみました。……三船君、印刷物を皆さんに配ってくれたまえ」

高見に言われて、三船が謄写刷りされた印刷物を、経営者たちに配った。

「情報漏れを防ぐため、その印刷物は三船君が自分の手で刷りました。素人刷りなもので読みにくい部分もあるでしょうが、辛抱ねがいます。なお、お読み頂いたあと、証拠を残さぬため再び回収してこまかく細断しますので、ご承知下さい」

高見が言うと、皆は一様に頷いて、印刷物に目を通し始めた。

印刷物の内容は、大体次のようなものであった。

『D作戦提案事項　①東京百貨店連合、東京私鉄連合による関東流通不動産の緊急

設立　②東京百貨店連合、関東スーパー協会による関東共同仕入機構の緊急設立　③関西地区への逆上陸作戦の画策　④関西の中堅スーパーの乗っ取り作戦の検討　⑤関東系全金融機関へ圧力をかけて、Ｄへの資金的支援をさせないようにする』

　読み終えた誰かが、面白い、やろう！　と言った。それを契機にして、部屋の中が騒がしくなった。

「流石に高見さんだ。恐ろしいほどの内容ですな。これは確かに、回収してこまかく細断したほうがいい。まったく、実に凄い反撃作戦だよ」

　大林会長が、満足そうに言った。

　その時、東部鉄道のワンマン社長・島津喜一郎が手をあげて、発言を求めた。

　高見が、どうぞ、という風に笑顔を向けて頷く。

「高見さん、この内容は外敵戦略としては非常に面白いが、東京私鉄連合にとって、関東流通不動産設立に参加するメリットがどこにあるのか、詳しく説明して下さらんか」

「なるほど、ではご説明しましょう。この関東流通不動産設立の目的は、七大私鉄沿線の徹底した土地買収にあります。むろん七大私鉄沿線に限らず、関東地区ＪＲ沿線の土地買収も狙います。つまり、我々で土地を押さえてしまい、ダイオーの店舗展開ができないようにしてしまうのです。一社の力で広大な土地を押さえることは困難ですが、大同団結した連合勢力でやれば、そう難しくはありません」

「それで?……」

「買収した土地には、各電鉄系建設会社の手によって、巨大団地を次々につくって頂き、そこへ百貨店資本によるデパート・デザインの大型スーパーを展開させるのです。沿線に団地が増えれば、運賃収入にも結びつきますしね」

「巨額の資金(かね)が要りますなあ。が、うん、やらねばならん。解りました。そう言うことなら積極的に協力致しましょう」

「感謝します。それから、関東共同仕入機構の設立も急がねばなりません。これが完成したら、東京百貨店連合と関東スーパー協会に加盟する全流通企業は、コストの安い商品を大量に仕入れることが可能となります。商品を製造し、備蓄しているメーカーや商社に対しても、連合の力で強い圧力をかけることもできます。またダイオーが関東に上陸し、その仕入れに協力するメーカーや商社が出てくれれば、関東共同仕入機構が、直ちにそれらのメーカーや商社をボイコットすればいい訳ですからね」

「いやあ、これは久し振りに、血沸き肉躍る歯ごたえのある経営戦略だ。皆さん、結束してこれを進めましょうや。但し将来にわたって、絶対に関西系デパートやスーパーを仲間に入れない、という条件でいかなきゃあ駄目ですぞ。大阪商人が入ったら、何もかも引っ掻き回される恐れがありますからな」

大林会長が、そう言うと、いっせいに大きな拍手が湧きあがった。

「ダイオーは仕入値を非情なまでに叩きますから、大阪でもメーカーや商社には随分と嫌われているようですよ。そんな有様ですから、たとえダイオーが関東上陸を果たしても、関東共同仕入機構の強いボイコット姿勢を知れば、どのメーカーも商社もダイオーには近付かないと思いますね」

三船が、自信あり気に言った。また拍手が湧きあがる。

それは大阪商人を〈敵〉とする、東京商人の必死の陰謀だった。言いかえれば、『価格破壊者』であるダイオー一社の動きに、関東の全流通企業が怯えていると言えるのである。無理もない。ひとたびダイオーの関東本格上陸を許せば、ダイオー傘下の五つの中堅スーパーまでが、雪崩の如く突っ込んでくる恐れがあるのだ。そうなれば、やがて関西の全スーパーが、関東へ関東へと進撃を開始し始めるに違いない。

高見政次の本当の恐れが、そこにある。ダイオーさえ食い止めれば、あとの関西系スーパーは南部ストアー一社の力で叩き潰す自信があった。

（それだけに、河内功助だけは、どんなことがあっても東京へ来させてはならん）

血を吐いてでも押さえ込んでみせる、と高見は考えていた。ダイオーを揺さぶるには、関西に逆上陸するのが最も効果的な方法だ、と高見の意思は強固だった。

だが、関西へ逆上陸する底力を有しているのは、南部流通グループだけだった。あとは、関東各県へ店舗を展開するだけで、手一杯の状態である。

(今に見ておれ河内、南部の力を思いきり関西で見せつけてやる!)

高見は、そんなことを考えながら、三船と顔を見合わせて物静かな微笑を漏らした。

そんな高見政次を、東部鉄道の島津社長の横に坐っている、実弟の高見良昭が、さも頼もし気に眺めていた。良昭は、こういった公式の席ではあまり発言しない。自分の年の若さと、財界のプリンスというスター的存在であることを自覚しているからである。この四十五歳の若き大経営者の偉大さが、そういった控え目な姿勢の中にこそあった。良昭は、この会議の席で、もし兄のD(ダイオー)作戦に、東京私鉄連合が非協力の姿勢を見せたなら、その調停に死力をふるうつもりでいた。

高見政次と高見良昭は、仲のよい兄弟であった。

二人は母親の違う異母兄弟であったが、その結束力は強かった。

南部グループの生みの親である、先代社長の故、高見高治朗(こうじろう)は、幾人もの愛人を抱えていた。政次の母親は、高治朗の三番目の愛人で、アララギ派の歌人・青木操子であった。この青木操子は、政次を懐妊すると、高見家に入籍されて、高治朗の正妻となった。

　良昭の母親は、高治朗の五番目の愛人、石田常子である。高治朗は、この常子をも大事にした。青木操子のような才媛ではなかったが、心の優しい丸顔の美しい女であった。

　マスコミは、この政次、良昭の出生に野次馬的興味を抱いて、常に照準を合わせ、時には兄弟対立の報を流したりもした。だが、兄弟の仲はよかった。よかったからこそ、『南部』は破竹の勢いで伸び続けているのである。経営者としての競争意識は、当然あろう。あらねば、おかしい。しかしそれは、決して兄弟対立という形容で言い表わすべきものではなかった。二人は、お互いがお互いの上に立つ意識を捨てていた。二人は平等であり対等である、という考えに徹していた。この事実を、多くのマスコミは知らない。そしてまた、高齢の操子と常子も、極めて円滑な関係にあった。この二人の老女は、四月二十六日の高治朗の命日の翌日には、毎年揃って車で鎌倉霊園に出かけ、それぞれ息子の成長を高治朗に報告する。命日には、南部グループの大幹部が大勢、墓前に集まるため、あえてその翌日を選んでいるのであった。

「さ、そろそろ料理を頂きましょうや」

京欧百貨店の大林会長が言った。その声が、部屋の外で待機していたボーイたちに聞こえたのか、冷えたシャンペンやワインが、ワゴンにのせられて運ばれてきた。

三船は、河内という怪物に対する殲滅砲が、これでやっと準備できた、と思った。

晩餐会をかねた謀略会議は、午後八時過ぎに終わった。高見政次と三船は、皆を送り帰したあと、ホテル地下のカウンター・バーで小半時ほど息抜きをすることにした。

二人とも、流石に疲れきっていた。スコッチを二、三杯ながし込むと、みるみる酔いがまわってくる。

「成功だったな、今夜の集まりは……」

高見政次が、カウンターに両肘をついて、ぽつりと言った。

「関西への逆上陸を、早目に新聞発表したらいかがですか。河内は、きっと慌てますよ」

「いや、相手も極秘行動で、関東上陸を狙っているんだ。我々も、抜き打ち的に、関西へ切り込むことにしよう」

「さっそく、店舗開発部へ、関西の土地を物色させる必要がありますね」

「うむ、まず大阪の衛星都市から手をつけさせよう。それも、ダイオーの店舗と真正面からぶつかるようなところがいい」

「営業的には大きな賭けになりますよ。損を生むかも知れません」

「構わん。双方ともに火花を散らす方が南部の実力を一層、はっきりと見せつけることができる。君は、正面衝突が怖いかね」

「いいえ、怖くはありません。相手にとって不足はない、といった気分です」

「その意気だよ、三船君」

「ところで社長、実は今夜、ここへ藤尾治子を呼んでいるのですよ。もう間もなく来ると思うのですが」

「ほう、そうだったのか」

「出過ぎたことを言うようで申し訳ありませんが、できれば今夜、報酬を支払ってやって頂けませんか。恐らく相当の苦労をしたはずですから」

「解った、小切手を切ろう」

高見が頷いた時、二人の背後に、人の立つ気配がして、オーデコロンの香りが、ふっと漂った。

高見と三船は、振り返った。

女が立っていた。豊かな体をした背の高い女であった。赤いドレスと、薄いブルーのサングラスが、女に似合っていた。

「遅くなりました」

女は、高見と三船に、丁重(ていちょう)に頭を下げながら、サングラスをとった。

その素顔に、ひっそりとした微笑が浮かんだ。

その顔——それは花房昌平に凌辱(りょうじょく)された、あの女マッサージ師の顔だった。もし花房が、この場に居合わせたなら、恐らく鋭い叫び声を発したに違いない。

「いま社長と君のことを話していたところだ。さ、かけたまえ」

三船は、席を一つずらして、真ん中に藤尾治子を坐らせた。

「苦労をかけているな」

高見がそう言って、彼女の肩に軽く手をかけた。女は首を横に振りながら「苦労とは思っていません」と言った。

藤尾治子は、『南部ストアーの社長室』に所属する、ベテラン社長室秘書であった。短大の英文科を卒業し、もう八年間、『南部ストアー』の社長室秘書をつとめている。

高見は、背広のポケットから小切手帳と個人印を取り出すと、〈五百万円也(なり)〉と記入して印を押した。

「少ないが……」

高見が、その小切手を藤尾治子に差し出すと、彼女は黙ってそれを受け取った。

「で、何か摑めたかね」

「河内功助と接触する機会はありませんでしたけれど、側近の花房昌平とは五度接触できました。三船部長の調査で解った通り、華奢な体格の花房は、毎晩のようにマッサージを利用していましたわ」

「矢張りな。それで？」

「ダイオーのキレ者と言われるだけあって、用心深い花房は、仕事の話は殆どしてくれませんでした。ただ一つ、倉橋会長という実業家風の老人が、何やらダイオーから圧迫されているな、という気配は摑みましたが」

「倉橋会長？……」

「花房と接触した最初の夜、その倉橋と言う老人が、花房の部屋の前で、思いつめたような顔をして茫然と立っていたのです。私が花房の部屋へ近付いていくと、逃げるようにエレベーターに乗り込んでしまいましたけれど」

「うむ……」

「花房に、その老人のことを話すと、彼は驚いたような顔をして、なんやて、倉橋会長まだいたんか、と言っていました」

「倉橋……倉橋ねえ」

高見が、考え込むように首をひねった時、三船の目がキラリと光った。

「社長、その老人、もしやカクエイの倉橋九太郎では」

三船に言われて、高見はハッと表情を強張らせた。

「三船君、間違いない。その老人は、カクエイの倉橋九太郎会長だ。おのれ河内功助め、埼玉、千葉攻略のために、カクエイに食指を動かしたな」

「こいつぁ、放置できませんよ、社長」

「三船君、君は明朝、浦和へ行って倉橋九太郎に会え。状況を聞き取った上で、相手が何か困っているようなら、南部が援護射撃をする用意があることを、倉橋会長に伝えるんだ」

「畏まりました」

「私は私なりに、別のルートで河内功助の動きを探ってみる。それから、藤尾君を家まで送ってやってくれ。夜は、物騒だからな」

高見はそう言うと、足早にカウンター・バーから出ていった。

「いい情報を摑んでくれた。ありがとう」

三船は、カウンターの上にのっている、治子の白い手の上に、自分の手を重ねて強く握った。バーの中は静かであった。

「私、明日から正常勤務に就かせて頂いてよろしいのね」

そう言って、三船を見つめる彼女の目に、悲しみの色があふれていた。

高見がいなくなって、三船に対する彼女の様子に、普通でない親しみの気配が滲み出ていた。彼女を見る三船の目にもまた、同様の色が漂っている。

「もうマッサージ・クラブへ行く必要はない。本当によくやってくれた」

「あなたが……やれ、と言ったからそれに従ったけれど……でも、もういや」

「花房は、君に手を出したのか」

問われて、藤尾治子は、こっくりと頷いた。

その顔が、今にも泣き出しそうに歪む。

「悪かった」

「私の体はあなたしか知らなかったのに……こんな汚れた体になってしまって……あなた、きっと私を嫌いになるわ」

消えいるような声で言うと、彼女は椅子から立ちあがった。

三船は、カウンターの上に一万円札を二枚置くと、彼女のあとを追った。

三船には妻子がいる。だが彼は、藤尾治子を愛していた。彼女と深い仲になって、もう三年になる。藤尾治子にとって、三船は最初の男であった。彼女も本気で三船を愛していた。愛したからこそ、今回の特命を引き受けたのだ。

しかし、花房に体を奪われる恐れがあることまでは、彼女は予測していなかった。

「任務のために、そうなったんだ。君は少しも汚れてはいない。オレが君を嫌いになるはずもない」

三船が治子に追いついて耳元で囁くと、彼女は倒れるように三船の胸に顔を埋め嗚咽を漏らした。

ホテルの泊まり客らしい、二、三人の外国人が、怪訝な顔をして二人の傍を通り過ぎていく。

「さ、行こう。今夜は君のマンションに泊めてくれ」

三船が優しく言うと、治子は漸く不安気な笑みを見せて顔をあげた。三船は、そんな彼女が、いとおしかった。

藤尾治子を、マッサージ師としてホテルへ潜入させることを思いついたのは、三船であった。三船のその唐突に過ぎる案に、高見はさすがに初め不快そうに顔をしかめてはいたが、やがて賛成にまわった。上京した時に河内らが常用するホテルや、彼らが時に偽名を使って泊まることなどは、南部流通グループの情報網は既に摑みきっていた。

一流ホテルに出入りを許されている女マッサージ・クラブは、品性、技術とも厳選されたものに限られており、そこへ機密任務の女を一人潜り込ませることぐらい、『南部』にしてみれば訳のないことであった。

都内だけで、七つの国際級ホテルを有する南部鉄道グループが圧力をかければ、マッサージ・クラブは理由の如何を問わず、藤尾治子を受け入れねばならない。こうして、即製の女マッサージ師が登場したのである。

三船は、花房が女に手が早い、ということも調べ尽くしていた。だが、そのことは藤尾治子には言わなかった。言えば、彼女の決意が鈍ると思った。

三船は、場合によっては藤尾治子は花房に犯されるかもしれない、ということまで読んでいた。それでも彼は、この作戦を実行に移した。高見の最強側近を自認し、次期役員改選で常務の椅子を狙っている三船にしてみれば、藤尾治子の犠牲は、やむを得ないことであった。藤尾治子を愛していながら、その一方で己れのエゴイズムを優先させ、野望の火を激しく燃やしたのである。そこに、三船司郎という男の、したたかさがあった。

4

南部流通グループを主力とする、東京百貨店連合、関東スーパー協会、東京私鉄連合の勢力は一致団結、総力をあげてダイオー迎撃に向かって動き始めた。

関東流通不動産の組織は、南部鉄道本社ビルの中に置かれ、各電鉄系不動産会社から選ばれた三十名の精鋭社員が出向の形で新会社に移籍した。これに、不動産業務の経験ある三十名の人材が、外部から採用され、総数六十名で、首都圏の土地買収に猛然と動き出したのである。

新会社の資本金は四十五億円。これほどの会社をつくりながら、新聞発表は、いっさいなされなかった。あくまで隠密主義を貫（つらぬ）くつもりなのであろう。

関東共同仕入機構は、南部ストアー流通戦略本部の中に、その設立準備室が置かれ、百貨店、大手スーパーの中から選ばれた仕入業務のベテラン十名が、設立準備委員となって、これも極秘裏に動き始めた。

いよいよ、大阪商人と東京商人の激突である。だが河内も花房も、関東勢力のこの動きを、まだ知らなかった。

高見政次は、大阪へも、土地取得のための隠密部隊を送り出した。用地が確保でき次第、思いきって五店舗から十店舗を矢継ぎ早に出すつもりであった。

そんな緊迫した状況の続くある日、高見政次と三船は、カクエイの老独裁者、倉橋九太郎の来訪を受けた。

「よく来て下さいました。倉橋会長」

倉橋が、『グループCEO』室へ一歩入ってくるなり、グループ最高経営責任者の高見政次は両手を広げて、大形（おおぎょう）な歓迎のゼスチャーを見せた。

カクエイが、どのような形で河内から圧力を受けているか、既に三船が倉橋会長から聞き出しており、また高見は高見で、独自の調査ルートを使って、カクエイに対する河内の出方を摑んでいた。

「ご決心がつきましたか、倉橋会長」

応接ソファに腰をおろすなり、高見は切り出した。三船が高見の隣に坐って、射竦（いすく）めるような目で、倉橋会長を見つめている。

倉橋は、二人の視線を意識する余り、苦悩の表情を見せた。

「そうですか、決心を固めないで、お見えになった訳ですな」

高見が、ガラリと口調を変え突き放すように言うと、倉橋の表情がさらに強張った。

「倉橋さん、あなたは大阪商人にカクエイを手渡すおつもりですか。相手は『価格破壊王』で知られたダイオーですぞ。そのダイオーが、カクエイ株を千六百九十万株も買い占めとるんです。倉橋一族を抑えて筆頭大株主に躍り出とるんです。もはや倉橋一族の力では、どうにもならんでしょうが」

「………」

「よろしい。では倉橋さんが驚くようなことをお話し致しましょう。今回のダイオーの動きの背後に、あなたは恐ろしい政治力を持つ人物が存在していることを、ご存知ありますまい」

「恐ろしい政治力を持つ人物?……」

「そう、まさに恐ろしい人物です。**日本の首領(ドン)**と言われながらも**最高の紳士**、**最高の学識家**とも評されている笠川了一郎氏ですよ。笠川ファミリーが、がっちりとカクエイを呪縛(じゅばく)していた事実を、私は独自の調査ルートで摑んでおるんです」

「呪縛って……そ、それじゃあ、河内と笠川は結託してカクエイ株を……」

「驚かれましたか。これでも決心が固まらないとなると、カクエイの助かる道は、もうありませんな」

高見が、そう言いながら、相槌を求めるように三船の顔を見た。

「倉橋会長、全てを高見社長にお任せなさることです。それとも、名門南部が信用できませんか」

三船が猫撫で声で言うと、倉橋九太郎は、蒼白な顔をして首を横に振った。

そこへ、『南部ストアー』の社長室秘書、藤尾治子がコーヒーを持って、『グループCEO』室に入ってきた。有能で決断力に富み緻密な治子は、組織的には実質、『グループCEO』室秘書兼務でもあった。

「いらっしゃいませ」

彼女は、そう言いながら、倉橋の前にコーヒーを置いた。倉橋が、軽く頭を下げながら、ちらりと美しい秘書に視線を走らせる。

だが、あの夜、ホテルの廊下で出会った女マッサージ師が、目の前の社長室秘書と同一人物であることに、倉橋は気付いていないようであった。

高見政次は、カクエイを支援するため、二つの条件を倉橋会長に提示していた。その一つは、倉橋一族と非同族重役の株千三百七十三万株を一定期間、高見政次の名義にすること、そして二つ目は、七百万株の第三者割当増資を早急に実施し、これを全て南部流通グループに託すること、であった。

これが実現すると、南部が二千七十三万株の筆頭大株主となり、発行済み株式の四十八パーセント以上を握ることになる。逆にダイオーの持株比率は、七百万株の第三者割当増資によって、それまでの四七パーセントから三九パーセントにダウンするのであった。

(力には、それ以上の力で反撃してやる!)

そう考えた三船が、この力学的(ダイナミック)な戦略を高見に提案したのである。

「倉橋さん、私はダイオーさえ撃退できればそれでいいんです。ですから私名義にする倉橋一族の株は、ダイオーがカクエイから離れたあとで、間違いなくお返し致しますよ。それに、今回の買い占め騒動で、証券市場でのカクエイ浮動株が不足しているのは明らか。七百万株の第三者割当増資は急がねばなりません。このまま浮動株不足の状態が続けば、東京証券取引所から警告が出ますぞ。下手(へた)をすると、二部市場から落とされてしまう」

高見のその言葉で、倉橋九太郎はガックリと肩を落とした。

「南部が力強く前面に出れば、ダイオーは必ずカクエイをあきらめます。それまでの間、高見名義に書き換える倉橋一族の株の**保証金**として、時価の二割五分増しと言う**決断的価額**、つまり**百五十五億**のカネをあなたに預けますよ。**百五十億円**、これでいかがです」

「**百五十億円**……た、高見社長、敗(ま)けました。全てのダイオー作戦を、あなたにご一任します。どうか……どうかカクエイを大阪商人から救って下され。この通りです」

老独裁者倉橋は皺深(しわぶか)い目尻(めじり)に、じわりと涙を浮かべると、声をつまらせて言った。

「そうですか。決心して下さいましたか。あなたの辛(つら)さや不安はよく解ります。私は河内と違って、カクエイに対し野心など持ってやしません。河内がカクエイを食ったら、埼玉、千葉がたちまち価格破壊力の旺盛な大阪商人に荒らされてしまうんです。そしてそれは、関東全土、いや、東日本全土へと広がってゆく。私は、それを防ぎたいだけなんですよ。解って下さいますね」

高見に言われて、倉橋会長は弱々しく頷いた。目尻にたまっていたものが、すうっと頬を伝って老人の膝(ひざ)の上に落ちた。やむを得ないとはいえ、胸中余程無念だったのであろう。両の拳(こぶし)が、小刻みに震えている。

（やっと陥落したか）

三船は、ハラの中で、密かにほくそ笑んだ。

「三船君、倉橋会長と固めの祝盃だ。そこのブランディをとってくれんか」

高見が、そう言って、窓際のサイドボードを指さした時、倉橋九太郎は、よろめきながら立ちあがった。

「高見さん、さっそく帰って、弟たちに今の結果を報告せねばなりません。名義書き換えは数日中に終わらせるように致します」

倉橋は、そう言い終えると、高見と三船に深々と頭を下げて、悄然とドアに向かった。

二人はソファから腰をあげると、その場に突っ立ったまま、去っていく老人の小さな背中を見送った。

社長室のドアが、小さな音を立てて閉まる。その瞬間、高見と三船の喉の奥が、低い音をたてて軋むように笑った。

「やりましたね。社長！」

「三船君、贅六商人の河内にかわって、この高見がカクエイを頂く。価値としては大手スーパーに匹敵すると私が読んでいる優良中堅スーパー・カクエイを、南部ストアーが吸収するんだ。河内め、思い知るがいい」

高見は、三船の肩を力強く叩くと、自分の手でサイドボードからブランディをとり出し、二つのグラスに濃厚な琥珀色の液体を注いだ。

二人はそのグラスを目の高さにあげ、お互いの目の奥を覗くようにして、また低い軋むような含み笑いを漏らした。

5

冷たい雨が降っていた。その雨の中を、一日の仕事を終えたサラリーマンたちが、肩をすぼめ退きあげていく。どの顔にも生気がない。働け、働け、で気力を使い果たしているのだろうか。

「なんだか寒い……」

花房昌平は、ビルの軒下で雨を避けながら呟き、目の前の南部流通グループ総本部ビルを見あげた。彼の顔は、蒼白く、やつれはてていた。この二カ月半の間、トンボ返りで大阪へ帰って病弱の妻子の顔を見たのは、わずか四、五日でしかない。

花房自身も、このところ頑固な胸痛に悩まされていた。今夜のような東京の湿った冷たい空気を吸うと、ことさら肺の奥が痛む。が、仕事に対する気迫だけは、逆に燃えあがっていた。

〈大阪で、正体のはっきりしない関東の流通勢力が、おかしな動きをしている気配がある〉

そんな情報を、ダイオー本部から知らされた河内功助は、二週間ほど前に急遽、大阪へ戻っていた。

その二週間の間、花房は一人で首都圏を駈けずりまわり、ようやく、南部グループの恐るべき『ダイオー対策』に気付いたのである。ダイオーが新たに手をつけようとしていた土地は、殆ど何者かに先手を打って買い占められ、しかも、将来の関東地区仕入先として選定していたメーカーや商社までが、ことごとく非協力の姿勢を見せ始めていた。

それだけではない。

花房が最も衝撃を受けたのは、カクエイ首脳陣の、豹変であった。首を傾げるほど、妙に自信たっぷりな、豹変ぶりであった。

やれるものなら、やってみろっ！　そういう気配が、倉橋九太郎をはじめとする首脳陣の態度に、はっきりと出ていたのである。

（くそっ、高見めが……大阪に進出しているという不穏分子も、どうせ南部の連中やろ。どっこい、日本一のダイオーを舐めたらあかんで）

花房は、河内が東京へ戻ってくるまでに、どうしても自分の力だけで事態を好転させておきたかった。それが、自分の栄達に結びつくのだ、という焦りの気持ちがあった。

南部流通グループの切れ者で、若手ナンバー・ワンと評されている三船司郎の名前や顔は、花房も承知している。その三船が、ことあるごとにダイオーの出鼻をくじこうとする、術策の創案者らしいことも……。

つい三、四日前にも、こういうことがあった。

神田(かんだ)に本店を構える牛丼(ぎゅうどん)チェーンの老舗(しにせ)で、年商一千五百億円の『与志田屋(よしだや)』が、倒産した。この再建協力について、与志田屋のメイン・バンクから河内功助へ依頼があった。倒産の実情を調査した河内は、採算がとれないと解って、再建協力を断わった。すると待ってましたとばかり、河内にかわって高見が再建を引き受け、それが各新聞に大きく報道されたのである。

この一件で、河内は『溝板(どぶいた)長屋の小心者』、高見は『横取り好きのハイエナ』、というレッテルがメディアの間で貼られた。

河内は、ただ大阪商人らしく〈採算〉を重視したに過ぎない。あくまでクールに、経営の勝敗を分析して判断したのである。その意味では、河内は**数字に厳しい**、本物の経営者と評されるべきであった。それはともかくとして、この計算された南部の作戦が、矢張り三船から出ていたに違いないであろうことを、花房は見抜いていた。高見よりも、背後の三船こそが知恵者で曲者、花房はそう思っている。だが三船から見れば、河内功助の背後に控えている花房のほうこそ、算学的に秀れた陰謀家に見えたのである。

ここに、大阪商人と東京商人の、激突の源があった。

「来たっ……」

花房の肉の落ちた頬が緊張した。色が白いだけに、そのやつれぶりが痛々しかった。

彼の充血した目は、南部流通グループ総本部ビルから出てきた一人の男を捉えていた。取締役統括部長・三船司郎である。

花房は、車道を足早に横切って、傘を広げたその男に近付いていった。傘を持たない花房の痩せた肉体を、氷のような雨が容赦なく叩く。

花房の乱れた髪の毛が、たちまち凍てついた。

「三船司郎さんですな……」

花房は、そう言いながら、精悍なマスクをした三船の前に立ち塞がった。三船は、突然の出現者に眉をひそめて、一、二歩を後退した。

「ダイオーの取締役経営企画室長をしとります、花房というもんです。すんまへんが、ちょっと顔を貸してくれまへんか」

花房と聞いて、三船は思わず目を見はった。ヘリコプターから降りてきた花房を見てから、既に二カ月以上が過ぎている。その時の花房と、今目の前にいる花房とでは、まるで顔が違うのだ。

それほど彼は、幽鬼の如く痩せ細っていた。

「あなたの名は存じています。私に何か？」

三船は落ち着いた様子で、花房に傘を差しかけ訊ねた。

だが花房はそれには答えず、三船に背を向けて黙って歩き出した。骨張った細い肩が、寒さのためか、ぶるぶると震えている。その外見は、とても年商五兆円を超える巨大流通企業の英才重役には、見えなかった。だが、そんな花房の弱々し気な体に、名状し難い気魄が漲っているのを、三船は見逃さなかった。憤怒にも似た気魄をである。

（これが大阪商人か……）

凄まじい、と三船は思った。三船の差しかける傘を拒否するかのように、前に立って花房は雨の中を歩いていく。

やがて二人は、新宿駅近くの薄汚い小料理屋の二階で向き合った。

花房の髪の毛から、ぽたぽたと雫が垂れている。三船を睨みつける目が、めらめらと燃えあがっていた。寒さのためだろう、頬も唇も紫色だ。

三船は、思わずゾッとなった。

「三船さん、東京商人は卑怯な手を使いますね。名門南部は、それほどダイオーが怖いんですか。それほど河内功助が怖いんですか」

花房が眦を吊りあげて吐き捨てるように言うと、手酌でたて続けに酒を呷った。

「卑怯な手?……はて、一体なんのお話ですか、花房さん」

きたな、と思いながら、三船は視線を真っ直ぐ相手の目に向けた。どれほど極秘裏にD作戦を進めても、いずれは河内や花房に知れる。その時は、きっと激しい衝突になるに違いない。三船は、そう身構えながら、毎日を過ごしてきた。そして、その日がとうとうやってきた、という気がするのである。

三船は、南部の名にかけて、花房の前にひれ伏す訳にはいかない、と思った。

「三船さん。とぼけてもあきません。東京商人は結束して、ダイオーの行く先々に障壁をつくっているやないですか。大阪商人の目は節穴やない。舐めたら承知しませんで」

「ほう、これはまた厳しいお言葉ですな。とても大企業の切れ者重役とは思えないご挨拶だ、という気がしますが」

「あんたら東京商人は、ダイオーの動きを事前に察知して、それを封鎖しようと企んでますのやろ。なぜ堂々と勝負せんのや」

「花房さん、なるほど我々は、関東に対する天下のダイオーの動きを最近察知しました。そして、それに対する手も打ちました。それがどうして卑怯な手、なんですか。我々が打った手は、あくまで経営戦略であって、陰謀でもなければ謀略でもない。そう思いませんか」

「ダイオーの関東上陸が怖いんやったら、紳士らしゅう正面から河内功助と接触したらええやないか。こそこそ蔭で手を打つことが、東京商人の商道徳ですか……情けない」

「はっはっはっ、それじゃあ花房さん、ダイオーが関東上陸を隠密裏に進めていた事実はどうなんですか。これこそ、東京商人に言わせれば、贅六商人の闇根性という奴ですよ」

「な、なにっ！」

「ダイオーが、どうしても本格的に関東に上陸したいのであれば、隠密裏に八王子の土地など買い占めたりせず、河内功助社長が高見社長に頭を下げて気持よく挨拶の一つもしたらいいのですよ。そうすりゃあ、五店や十店の店舗展開は承知されたかもしれませんよ」

「承、承知だとう……何を吐かしやがる。なぜ日本一のダイオーが、南部ごときに頭を下げる必要があるんだ。ふざけるな」

「南部ごとき……と言われましたな。では私に嚙みつかずに、ダイオーの実力で関東上陸を果たしたらどうです。但し、南部は総力をあげて迎え撃ちますよ。いや、南部だけじゃあない。関東の全流通企業が、対ダイオー戦略に向かって結束して動き始めます。それでもいい、と言われるなら、どうぞ攻めてきて下さい」

「う、うぬ……あんたたちは、どうしてそれほどダイオーを嫌うのだ。何ぞうちの河内功助社長に恨みでもあるのか」

「いいえ、要するに贅六商人が気に入らないだけです。大阪商人の体臭が嫌いなんですよ」

「き、貴様！」

花房は激昂して、手にしていた盃を三船の背後の壁に向かって叩きつけた。バシッと鈍い音がして、盃が粉微塵になった。

大阪人は、贅六という言葉を、神経質なほど嫌う。贅六とは、東京人が大阪人をあざけって呼ぶときの形容である。特に東京商人は、どうしても大阪商人の商売上手に勝てないため、好んでこの言葉を用いたがる傾向があった。むろん、この言葉がはやったのは、一時代前である。それだけに、花房の怒りが余計に大きいのであった。

「どうやら、あなたとは静かに話せないようですな」

三船は、立ちあがって、部屋から出ていこうとした。と、何処(どこ)からか、三味線(しゃみせん)の音(ね)が聞こえてきた。

「逃げるなよ三船さん。まだ話は終わってない……」

そう言って花房も立ちあがった。怒りが爆発した形相であった。三船は、再びゾッとしたものを背中に覚えた。

「花房さん、私はもう貴方(あなた)と話す気はありません。また話す話題もない。これで失敬させて頂く」

「あんたは男と男の勝負ができないのか。正面切って大阪対東京の喧嘩(けんか)が出来ないのか。名門南部の三船司郎は、そんなに腰抜けなのか」

花房は早口で言うなり、腕を伸ばして三船の胸倉を摑もうとした。三船は、その腕を軽く払った。そのとたん、花房の体が、ぐらりと泳(およ)いで右肩から崩れるように畳の上に沈んだ。肺をゴロゴロと鳴らし、肩で荒々しく息をしている。明らかに異常であった。

次の瞬間、花房の口から、ぐわっと鮮血がほとばしり出た。白目をむいている。

「花房さん！」

三船は、叫びざま、花房の細い体を抱きおこした。激しい痙攣が花房を襲ってい
た。

「救急車だ、救急車を呼べっ」

三船は部屋の外に向かって大声で叫んだ。


三船は、救急病院の待合室の長椅子に腰をおろしながら「妙なことになってきた」と思った。まさか、宿敵ダイオーの辣腕花房が目の前で血を吐くなど、思ってもみなかったことである。しかも、その宿敵を救急車へ運んだのは、自分なのだ。

（汝の敵を愛せよ……か）

三船が、そう思った時、処置室のドアが開いて、太った大柄な医者が三船を手招いた。

三船は処置室へ入っていった。入れ違いに、花房の横たわったベッドが、看護婦に押されて出ていった。救急処置が効いてきたのだろう、ベッドの上の花房は、安らか

な寝息をたてていた。

「これを見たまえ」

医者は三船に、花房の胸部レントゲンフィルムを見せた。左の胸に鶏卵大の影が一つ、右の胸に鶉の卵大の影が四つあった。

「矢張り結核でしたか」

三船が心得顔で言うと、医者は首を横に振った。

「肺ガンですよ。この写真を見れば判るように、かなり悪い」

「えっ!!……」

三船は茫然と、医者の顔を見返した。

「本人は胸痛と背痛を訴えていましたが、これは左肺のガンが肋膜を侵しているからです。右肺の二つの影は、肺上部に集中しており、患者は間もなく、発声をつかさどる反回神経をやられて、声は掠れ始めるはずです」

「な、なんてことだ――」

三船は、絶句した。花房に対する同情が、ふつふつと胸の内側にこみあげてきた。

お互いに、東西の**流通鬼**の側近の立場にあり、この仕事が、どれほど肉体的精神的に大変か、三船には解り過ぎるほど解っている。

三船は、暗い気持ちで処置室を出ると、花房の入っている病室を覗いた。眠っているだろう、と思っていた花房は、薄目をあけていた。

「申し訳ない。ライバル視していた三船さんに、迷惑をかけてしもうた」

花房は、弱々しく笑った。三船も笑った。だが、その顔は苦し気にひきつっていた。

「三船さん、医者から何か聞かされましたか」

花房が、探るような目をして、三船を見つめた。三船は、いいえ何も、と答えた。

「そうですか……しかし残念だ。河内社長が東京へ戻ってくるまでに、自分の力だけで事態を好転させるつもりだったんやけど……こんな体になったら、もう駄目だ。河内社長、凄く怒るだろうなあ」

花房は、さも悔し気に言うと、下唇を噛みしめて目を瞬いた。

「それじゃ花房さん、悪いが私はこれで失礼します。あなたがここに入院したことは、病院側からダイオー東京事務所へ明朝にでも連絡してもらうようにしておきましたよ。私との接触は、なかったことにしておきましょう。河内社長の手前、あなたもそのほうがいいでしょう」

「優しい心配りですね。三船さんに助けられたと知ったら、うちの社長は、恐らく不機嫌になる。敵と妥協するということを知らない人だから……」

花房は、そう言って布団の下から、痩せ細った白い手を差し出した。

三船は、複雑な気持ちでその手を確りと握ってやると、「うん……」と頷きを一つ残して花房に背を向けた。

病室の窓ガラスを叩く雨が、いっそう激しさを増していた。

（今夜のことは、高見社長には伏せておくか）

三船は病室から出ると、暗く長い廊下を歩きながら、そう思った。それが、仕事に体力も気力も使い果たした花房に対する、せめてもの〈武士道〉だ、という気がした。

6

三船は翌朝早く、花房の病室を訪ねた。花房は、よく眠っていた。枕元に洗面器が置かれ、その洗面器の中には夥(おびただ)しい量の血痰(けったん)が吐き散らされていた。三船は、胸が悪くなって、顔をそむけた。部屋の中には、青臭い臭気が充満している。恐らく血痰から発散している、臭気なのだろう。

ふと見ると、花房の口元に、乾いた血のりが付着していた。血痰の量から見て、一晩中吐き続けていたに違いない。

三船は、手に持っていた黒い革カバンの中から、週刊誌大の茶封筒を取り出すと、花房の布団の中へそっと差し入れようとした。

その気配で、花房が目を醒ましました。

「あ、三船さん、また来てくれたのですか」

花房は、喉の奥に痰を絡ませて言った。落ちくぼんだ目が、昨夜と打って変わって、にこやかな笑みをたたえている。その様子が、心底から嬉しそうだった。東京での急な入院が、余程心細かったのであろうか。

「花房さん、たぶん今日あたり河内功助社長が病院に見えるのではありませんか。この茶封筒の中に、関東全域の地図が入っています。赤丸印のついた地域は、まだ関東流通業界が手を付けていない地域です。あなたが独自で調査した、ということで、この地図を河内社長に示せば、また花房株があがるのではありませんかな」

「三船さん、あなた……」

「これは私から花房さんに進呈する**勲章**です」

「**勲章**?……」

「そう。**敢闘勲章**とでも思って下さい」

「三、三船さん。あなたって人は……」

「東京商人は、傷ついた相手を撃つほど、非情じゃあない。では、これで……」

三船は、花房の病室を出た。花房が、背後から声をかけたようであったが、三船は、それを聞き流した。

花房に手渡した地図には、関東流通不動産が、まだ土地買収を終えていない地域が、赤丸印で示されていた。つまりその地域でなら、ダイオーの関東上陸に必要な店舗用地が、まだ買収可能である、ということなのだ。

この情報は、関東流通勢力にとって、**秘中の秘**ともいうべきものであった。

その**秘**を、三船は不治の病床にある宿敵に敢闘勲章として手渡したのである。もっとも三船は、未買収土地の全てを赤丸印で囲んだ訳ではなかった。彼が花房に手渡した地図に書き込んだ赤丸印は、十二カ所だけである。それが、三船の花房に対する〈武士道〉の限界であった。

三船は、救急病院の前でタクシーを拾うと、中目黒(なかめぐろ)の高見邸に向かった。今朝、家を出ようとした時、高見から電話があって、屋敷へ来い、と言うのである。

（朝からどうしたというんだ）

三船は、たった今別れた花房のやつれた顔を思い浮かべながら、高見の用件を、あれやこれやと推測した。高見邸へ、朝から呼ばれるのは、これが初めてである。余程のことがない限り、高見は自分の屋敷へ従業員を呼んだりはしない。側近の三船ですら、高見邸を訪ねるのは正月ぐらいなものである。

タクシーは、山手(やまて)通りを代官山(だいかんやま)近くで駒沢(こまざわ)通りに折れると、寺院の目立つ静かな一角へと入っていった。

高見邸の前には、エンジンをかけた白いフォードが止まっていた。後部シートに高見の姿が見える。三船は、屋敷の手前でタクシーから降りると、足早にフォードへ近付いていった。

運転席には、誰もいない。

三船は、車の窓ガラスごしに高見に頭を下げると、ドアをあけて、運転席に乗り込んだ。高見が、深刻な顔をしている。

「どうなさいました、社長」

「三船君、車を目白台(めじろだい)へやってくれんか。とうとうボスに呼びつけられた」

「ボスと仰(おつしゃ)いますと?……」

「何を君らしくないことを言っとるんだ。日本の首領(ドン)、笠川了一郎氏だよ。昨夜遅く、不機嫌な声で屋敷へ電話が掛かってきた」

「ま、まさかっ」

三船の顔色が変わった。

目白台一丁目にある笠川邸は、別名〈暗闇御殿〉と囁かれ、この屋敷の奥深くで、しばしば日本の政治・経済・国防にかかわる、重要な密議が行なわれることがあった。その首領の屋敷へ、高見は呼びつけられたのである。

「カクエイ株の一件で、笠川氏はキバをむくに違いない。氏のキバは獰猛な**黒豹のキバ**だと噂されている。覚悟して行こう、三船君」

高見は、そう言うと、ゴクリと生唾を飲み込んだ。

三船がフォードのスターター・ボタンを押して言った。

「**黒豹のキバ**……ですか」

「そうだ。此奴は消す、と決めた標的は必ず殺す、と言う恐ろしいキバだ」

「いわゆる……暗殺ですね」

「うむ、決して自分の手は汚さない暗殺だよ。しかも暗殺実行者まで消してしまう」

「な、なんと恐ろしい……」

「たとえ何年掛かろうと、必ず決行し、殺り遂げると言われている殺しだ」

三船は思わず口許を歪めて、フォードを発進させた。体中の筋肉が、笠川氏への恐れで、ごわついているのが判った。暗殺実行者まで消してしまうというのが凄過ぎた。

「たとえ相手が日本の首領でも、我我はカクエイから手をひく訳にはいきませんよ、社長」

三船が、自分を励ますように、声に力を込めて言った。

「むろんだとも……が、今の君の声、震えとるぞ」

高見が言ってから、こっくりと頷く。もし、日本の首領を相手に不穏な事態に突入したとしても、高見はオール南部の力を結集して闘うつもりであった。高見とて、政界に強力な人脈を抱えており、その人脈の最奥には、笠川に対抗する別の〝薄暗い組織〟へも通じている。それらの組織を動かすには、五十億円もあれば充分だ、と高見は計算していた。五十億円など彼にしてみれば、容易いカネだ。いずれにしろ、高見は、どんなことがあっても、河内功助の関東入りを許さぬつもりであった。南部は名門だが、ダイオーは成りあがり企業だ、と高見は思っている。なるほど、大きな年商を誇るダイオーは、まだ創業二十一年の歴史しかない。

それにくらべると、南部グループの歴史は明治に遡る。その幾十年もの差が、決定的な『企業品格』の差だ、と高見は思っていた。

フォードは、日比谷通りを抜けて、外堀通りから目白通りへ入り、午前十時半頃に笠川邸の門前にすべり込んだ。

三船は、噂の暗闇御殿を見て唸った。敷地千五百坪の高見邸も豪壮な屋敷であったが、それでも、まるで比較にならない。

「黒いカネで、これほどの屋敷が建てられるのだからのう」

高見が苦笑しながら呟き、フォードから降りた。その高見をガードするように、三船がピタリと横につく。高校、大学とボクシングをやってきた三船は、腕に多少の覚えがある。万一の時は、身を挺してでも高見を守るつもりであった。

だが、そんな二人の前に姿を見せたのは、和装の似合う美しい女中であった。二人は、その女中の案内で、屋敷の奥深い一室に通された。三十畳はあろうか。

庭には寒椿が咲き乱れ、床の間の刀掛けには、大小の日本刀がかけられている。その床の間の壁に〈堪忍静殺〉と達者な筆で書かれた掛軸が掛かっていた。

「堪忍静殺……か。なんとなく不気味な言葉ですね」

大きな美しい座敷机を前にして、三船は高見にそう話しかけながら、背筋に冷たいものを覚えた。

五分ほど待たされた時、小柄だが、がっしりとした体格の老人が、足音もたてずに部屋に入ってきた。意外なほど、ニコニコとしている。きれいに分けられた豊かな銀髪が、思わずみとれるほどに美しい。

「よく来て下すった高見さん。そして、そちらの若い方が、南部一の切れ者の噂がある三船さんかな」

老人はそう言いながら姿勢正しく正座をし、キセルに刻みタバコを詰めて、静かに吸い始めた。

三船は、丁重に老人に頭を下げてから、相手の目を見た。顔は、にこやかであったが、眼光に刺すような暗い鋭さがあった。

老人と初対面の二人は、複雑な彫りものが美しく見事な座卓の上に名刺を置いた。その名刺には見向きもしないで、老人は言った。

「高見さん、カクエイを河内功助にやって下さらんか。たかが知れた中堅の企業(スーパー)一つを大経営者の二人が奪い合っても仕方がありますまい」

高見が予想した通り、老人はカクエイの話をズバリ口に出した。穏やかな喋(しゃべ)り方(かた)ではあったが、どこかに有無を言わせぬ響きがあった。表情は、依然として上機嫌であったが、高見を見る目が寒々と凍(こお)っている。

「私共も、もしやそのお話ではないかと思って参ったのですが……」

「はっはっはっ、矢張り南部の情報網は、ダイオーのカクエイ株買い占めの背後に、私が潜んでいたことを摑んでいたのですな。流石は南部さんだ。もっとも、そのほうが話は早いが……」

「お言葉ですが笠川さん、南部はカクエイから手をひく訳にはいきません。いや、それよりも、平穏な関東流通業界の規律を維持し続けるためにも、価格破壊者であるダイオーを関東に本格上陸させる訳にはいかんのです」

「私には流通業界のことは、よく解らん。また興味も関心もない。しかし私は河内功助のドロ臭い人間性を気に入っとるんだ。ひとつ、この老人の顔をたてて下さらんか」

「あの経営者の価格破壊主義と**急ぎ過ぎる多店舗戦略**は、近い将来必ずダイオーグループを苦境に陥れるでしょう。経営に対する見方が、我々とは余りにも違い過ぎます」

「主義主張の違いは、誰にでもある。気持ちを大きく持って、河内功助に一歩譲ってやって下さらんかね」

「いいえ、これぱっかりは断じて……」

「そうか」

老人の顔から、すっと笑いが消えた。日本の首領（ドン）の素顔が、そこにあった。三船は、圧倒されて、その素顔を正視できなかった。私とはまるで**格**が違う、と彼は思った。

双つの目がランランと光り出し、真一文字に結んだ唇に怒気を張らせている。そしてそれは、早くも大津波のようなうねりとなって、高見と三船を飲み込み始めていた。

「では、お帰り頂こう。そのかわり高見さん、この老人は老人なりで河内功助を掩護（えんご）しますぞ。それを忘れんことだ」

老人はゆっくりと腰を上げると、部屋から出ていった。余りにあっけない対面であり、決裂であった。それだけに、三船には、老人の怒りの凄さが解るのだった。老人の頼みを蹴った高見の勇気を認めるよりも、直情的な決別になってしまったことのほうが、三船には怖かった。

「帰ろうや、三船君」

やや経って、高見が言った。その声が、上ずっていた。高見も、必死になって緊張と闘っているに違いなかった。矢張り彼も笠川が怖いのだ。

なにしろ『殺しの組織』を持つ日本の首領を、怒らせてしまったのだ。

それが、どのような結果となって返ってくるか、高見にも三船にも、はっきりとした形で予測することはできなかった。それほど、この老人は、『ありとあらゆる方法』で報復する恐るべき力を有していた。

二人は、その力に怯えながら、暗闇御殿を出て、社へ向かった。

7

それから一週間ほどが経って、異様なことがおき始めた。証券市場でも上位優良株と言われている南部ストアーと南部鉄道の株を、何者かが急ピッチで買い占め始めたのである。

南部ストアーも南部鉄道も、系列会社や従業員持株会、それに金融団が全株数の六〇パーセント以上を持ち、そのガードは極めて堅牢である。

したがって、いかに株を買い占めても南部グループの乗っ取りを企むことは、まず困難であった。南部一家の財力や反撃力を考えれば、余程の業界知らず経営知らずでない限り、株買い占めなどの愚行はとらないはずである。だが現実に、南部ストアーと南部鉄道株は、急速に〈どこか〉へ集中し始め、株価は激しい勢いで上昇していた。

　高見兄弟と三船は、そのような現象に対して、反撃を開始しなければならなかった。彼らは、東京百貨店連合、東京私鉄連合、関東スーパー協会などの加盟会社に、南部ストアーと南部鉄道の株式購入を積極的に勧めた。そして、購入を承諾した企業のトップに対しては、賛助金の名目で多額の裏ガネを握らせる手段を取った。

　高見たちは、株買い占めを進める何者かの正体が、笠川了一郎に違いないことを見抜いていた。その笠川に対抗するには、安定大株主を一気に増やすしかない。笠川の動きを放置しておいても、乗っ取られる心配は万が一にもなかったが、市場の浮動株を買い占められるままにしておくと、浮動株不足の事態を招いて東京証券取引所から警告を受ける恐れがあった。それを防ぐために、浮動株を信頼のおける関東流通勢力に持たせる手を打ったのである。事態が落ち着き次第、それらの株を、また市場へ還元すればいいのだ。若手財界人の筆頭格だけあって、流石に高見兄弟の対抗手段は、俊敏で鋭利なキレ味があった。

　もちろん、その背後を支えたのは、参謀・三船である。

「相手が日本の首領（ドン）といえども、南部の力を思い知らせるべきです」

三船は、笠川に対する恐怖を振り払って、対決姿勢を強調し続けた。

そんなある日、高見政次は、衝撃的な人物の来訪を受けた。

南部流通グループ総本部ビルに、河内功助、花房昌平の二人が、予告なしに姿を見せたのである。

ちょうどその時、三船は、主幹事証券会社の法人部長の来訪を受けて、別室で面談していた。

その場へ、花房に体を奪われた藤尾治子が、顔色を変えて入ってきた。

「どうした、お客様の前だぞ」

三船は、眉間に皺をつくって彼女を睨みつけると、その背を押すようにして応接室の外へ出た。藤尾治子の顔は、蒼白である。

「何事だ、君らしくないぞ」

三船は小声で彼女を叱った。

「CEO室へ、河内功助社長と花房昌平が見えています」

「な、なんだと！」

「いきなりでした。本当に驚きました。それよりも、早くCEO室へ行って下さい」

「花房は、君に気付いたのか」

「いいえ、私、うまく顔をそらせましたから」

「解った。法人部長を帰してから、すぐにCEO室へ行く」

「三船さん、あたし……怖い」

「大丈夫だ。心配するな。君は暫く総務部の部屋へでも行ってろ」

「お願い、今夜あたしのマンションへ泊まって……そうでないと不安で」

「うむ、そうしよう」

三船は頷いて女の肩を叩くと、法人部長の待つ部屋へ再び入っていった。


法人部長を帰した三船は、CEO室へ行った。

高見がセンターテーブルを挟んで、硬い表情で河内、花房と向き合っていた。

「いらっしゃいませ、統括部長の三船です」

三船は河内に対して儀礼的に、きちんと頭を下げると、花房を一瞥してソファに体を沈めた。

「これで役者が全員揃いましたな。高見はん」

河内功助が、横柄な口調で言った。高見は答えなかった。三船も、河内の言葉を無視して、花房の顔を眺めた。病床から抜け出られる体ではないはずであった。目の下に黒いクマができている。頬は落ち、両眼は陥没して無残な状態であった。それでも背筋をまっすぐに伸ばし、険しい目つきで三船を見返している。気力でもっているのだろう。

三船は、そんな花房を見つめているだけで、息苦しくなった。

「さて、三船はんも顔を見せたことやし、話を始めさせてもらいまひょ。実はね、高見はん、三船はん、今日はダイオーの勝利宣言をさせてもらいに来ましたんや」

「勝利宣言？」

高見が、訊き返した。

「関東流通業界は、これでもか、ここでもかと地下に潜ってダイオーを苛めてくれましたな。けど結局はダイオーの関東上陸を防ぎきれなんだ。お蔭で我々は十二カ所の店舗用地を手に入れましたで……そこにいる三船はんのご協力でな」

「な、なんですとっ！」

高見が、くわっと目をむいて、隣に坐っている三船を見据えた。

三船の顔色が変わった。身構えるひまのない奇襲だった。三船は、動転した。

河内は、ニヤリとすると、三船が花房に手渡した関東全域の地図を、応接テーブルの上に広げた。

「高見はん、この地図は三船はんがくれましたんや。ご丁寧にダイオー上陸可能地点を赤丸印で囲んでくれはりましてな……ええとこあるわ、三船はんという人は。あとは関東地区での仕入先を確保したらええだけや」

河内功助は、黄色い歯を見せて勝ち誇ったように笑った。品のない、いかにも守銭奴らしい笑いであった。

「き、貴様という奴はっ！」

三船は花房をまっすぐに指さして、睨みつけた。その指先が、激しく震えている。いや体全体が、怯えたように、わなわなと痙攣していた。

「これはどういうことだ三船君、理由（わけ）を説明したまえ、理由を……」

高見が、テーブルの上の地図を食い入るように眺めながら、激昂した口調で言った。それは、かつてない高見の怒りであった。無理もない。目の前に、秘中の秘であったはずのA級情報が置かれているのである。しかもそれが、敵方の手によって置かれたのだ。

高見が怒るのは、当然だった。

「卑劣な。君は私の善意を、策に用いたのか。私と高見社長の仲を裂き、南部の結束を破壊するために、今日ここへ来たのか。それが私の善意に対する大阪商人の返礼かっ」

三船は、両の拳を握りしめて、ソファから立ちあがった。

「善意とは何事だ。君は善意で、この地図を敵の武将に手渡したというのか。一体なんの善意だ。それを言えっ」

高見が、顔面を朱に染めて、三船を怒鳴りつけた。三船は、ばりばりと歯を噛み鳴らした。花房は床に視線を落として、黙然としている。

「君は……君は自分の病状を知っているのか」

三船が、花房に詰め寄った。花房は顔をあげ、そして首を横に振った。

「河内社長はどうなんです。花房さんの病名を知っておられるのですか。知っていながら、この残酷な対決を、彼に強要したのですか。どうなんです、河内社長」

三船が叩きつけるような口調で言うと、河内は顔を歪めてソファから立ちあがった。

「高見はん、私は南部ストアーと南部鉄道の株を、相当数ある人から譲ってもらいましたで。筆頭株主とまではいきまへんけど、一応は大株主や。これからは、株主総会には出席さしてもらいまっさ。もちろん意見も言わせてもらいまひょ。花房君、勝利宣言は終わった、帰ろ」

河内は、高見と三船に背を向けると、ドアに向かった。その後を、花房が肩で息をしながら、よろりと追う。

「花房さん、あんたは肺ガンにやられている。それも絶望的な状態だっ」

三船は、とうとう叫んだ。花房の足が止まって、ゆっくりと振り返った。その顔には、もう生気がなかった。

「花房君、相手にせんでええ。はよ帰ろ」

河内がそう言った時、花房が両手で胸を押さえて、がっくりと両膝を折った。

花房の喉の奥が、ゴボッと鳴る。

鮮血が、バッと絨毯の上に飛び散った。

「なんや、だらしない。大阪商人やろ、頑張らんかいな」

河内が舌打ちしながら、慌てて花房に近寄ろうとした。その河内を突き飛ばし、三船は花房を抱きおこした。

「なぜ病院を出たんだ。どうして自分を大切にせん。ダイオーに命を捧(ささ)げて、一体誰が喜ぶというんだ。なぜ私の善意を大事にしてくれなかったんだ」

「す、すまない三船さん。大阪へ……大阪へ帰りたい。大阪へ……だから」

花房は、小さい声を漏らすと、すうっと意識をなくして昏睡(こんすい)状態に陥った。肺が悲し気に鳴っている。

「出てうせろっ！　もう全てが終わったんだ」

三船が、河内功助を睨みつけて怒鳴った。両の目に涙があふれていた。

高見が、茫然として立ち上がり、机の上の受話器を取りあげ、南部鉄道病院へのダイヤル・ボタンをプッシュした。

謀殺企業への勲章

1

空中に射ち出された二個の標的は、岩淵竜彦(いわぶちたつひこ)のM13ライフルが二度火を噴(ふ)くと、見事に砕け散った。散弾銃ではなく、ライフル銃(小銃)である。

「うむ、流石(さすが)に、もと国体射撃の選手だ。素晴らしいな」

岩淵の背後で、ベンチにゆったりと腰をおろしていた白髪の男が、そう言いながら立ちあがった。

六十半ばは過ぎていると思われるのに、すらりと伸びた体軀(たいく)と若々しい穏(おだ)やかな表情に、人品卑(いや)しからぬところがあった。

新堂礼一郎(しんどうれいいちろう)、それがこの男の名である。そして、陸上自衛隊のために、世界でもAクラスと言われる国産自動小銃M13を開発した、帝都特殊金属鋼業(ていとくしゅきんぞくこうぎょう)のワンマン社長であった。

「今のは、まぐれです。ライフルの連射で二発とも命中することなど滅多にありませんよ」

岩淵は、はにかんだ笑顔を見せて、新堂の傍(そば)へ近付いていった。帝都特殊金属鋼業の取締役社長室長として、新堂社長から将来を期待されている人材であり、弱冠三十八歳の最年少重役である。

日は、既に山の向こうに半分落ちて、軽井沢国際射撃場には、九月の冷気が漂い始めていた。

「社長の命中率も、相当なものでしたよ。感服の至りです」

「いやいや、君を見ていると、つくづく年齢の差を感じるね。腕前は、もともと君には及ばないが、この薄暮の中で、ライフルを連射して二発とも命中させるなんてのは、矢張り若さと実力と言うやつだよ」

「大学射撃部の頃は、標的に対する視覚を鍛えるために、よく夕闇の中で練習したものでした」

「なるほど、そう言う鍛練を積んでいると、確かに標的に対する視覚や集中力は違ってくるだろうな。それにしても夕闇射撃なんてえのは、まるで練兵扱いじゃのう」

二人は微笑み合って肩を並べ、国際射撃場を出た。

九月ともなると、軽井沢のちょっと気取った夏の賑わいは、嘘のように消え始める。だが、その静けさの中にこそ、軽井沢の本当のよさがあった。

新堂社長が、毎年、好んで九月の軽井沢を訪れるのは、気が遠くなりそうな、その静寂の中に、激務で疲弊しきった体を、どっぷりと沈めるがためである。幾日か、そうしていると、体の芯から活力が回復してくるのだった。

　新堂の別荘は射撃場から森の中の道を歩いて、二十分ばかりのところにある。

　二人は、お互いに黙ったまま、次第に暗さを増す、森の中の小道を、ゆっくりと歩いた。新堂は、特に夕闇の迫る軽井沢の森を愛した。影絵のような薄闇の中に浮きあがる森に、言いしれぬ妖気を覚える、と言うのである。その妖気を、散策しながら楽しむのが、軽井沢での新堂の日課の一つであった。

「軽井沢の空気は、本当に旨い。そう思わんかね」

　新堂が、沈黙を破って言った時、森の奥で野鳥がギャーと鳴いた。

「社長、急ぎましょう、日が山の向こうに落ちてしまいました。森の中はすぐに暗くなりますよ」

「また、私の身の心配かね。どうも君は現実的過ぎるのが欠点だ」

「それが側近としての私の仕事です」

「あれから、もう三年になる。心配ないよ」

　三年前、帝都特殊金属鋼業の栃木工場が、**『軍国主義反対』『平和そして平和・平和』**を唱える過激的平和Gグループに襲撃されていた。栃木工場には、M13自動小銃を開発した付属研究所があり、Gグループの狙い(ねら)は、この研究施設の爆破と、生産ラインに乗り始めたばかりのM13を、工場倉庫から奪取(だっしゅ)することだった。

特殊機械メーカーとして、日本のトップ・メーカーの位置にいる帝都特殊金属鋼業は、年商一兆三千億円を誇り、その主たる組織は、**建機事業部**と**特殊事業部**に大きく分かれていた。建機事業部は、建設や土木関連の重機械を生産し、これは戦車や自走対空砲の技術につながるものだった。一方の特殊事業部は陸上自衛隊に納入する重・軽火器の開発と生産を一手に引き受けている。この建機・特殊両事業部の存在によって、帝都特殊金属鋼業は、わが国に於(お)ける代表的兵器メーカーの一つに数えられていたのである。事実、これまでに栃木工場付属研究所が開発してきた重・軽火器は、世界のトップレベルをいく高性能火器ばかりであり、なかでもM13自動小銃は、千メートル先で左右に激しく揺れる直径五センチの標的を射ち抜くと言う、恐るべき命中精度を有していた。しかも、その命中精度は、九〇パーセント以上の確率で、個人の射撃の腕前とはあまり関係なく発揮されると伝えられているのである。この帝特鋼の次に、海上自衛隊に強い兵器メーカー・大日本特殊機械(だいにっぽんとくしゅきかい)が控えており、両社は激しいシエア争いを展開していた。

「Gグループの実行部隊とかは、栃木県警のパトロールにひっかかって、結果的には工場襲撃に失敗しましたが、その翌日には本社ガレージのシャッターを腹いせに破壊していま す。三年経ったとは言え、油断はなりません。連中のビラ作戦は、まだ続いていますからね」

「まあ、君のような用心深い側近がいるから、私の身は安全なのかもしれないなあ。連中が私に向かって言う、**軍国主義者**とか**死の商人**とかの代名詞は、少しも気にしとらんよ」

「M13の開発は、わが社の技術力の高さを世界に見せつけましたが、それだけにGグループには格好のエサを与えたことになります。なにしろ、北海道の陸上自衛隊は、M13の全面装備によって、こと地上戦争に関する限り従来の二倍の力をつけましたからね。単なる歩兵戦では、ロシア極東軍の歩兵師団を相手にしてもヒケは取りません。それだけに親ロ派であることを前面に押し出している過激的平和Gグループは、今でも、わが社の施設や社長の身辺の襲撃を狙っているような気がしてなりません」

「そう神経質になるな。我々はビジネスで、この仕事をやっているんだ。軍国主義的思想で兵器を生産している訳じゃあないよ。帝特鋼と言う企業を成り立たせていくための純粋なビジネス活動だ。そこのところを過激的平和とかのGグループに解ってもらいたいのだが」

「それは、そうですけれど」

新堂は愛用の銃を牛革ケースに仕舞い込んで肩にかけていたが、岩淵は左肩に空(から)のケースをかけ、右手には英国製ＳＫ３式七連発ライフルを、実弾をこめたまま握りしめていた。

たとえ銃砲所持免許を持っているとはいえ、いかなる場合も、公認の射撃場から離れた一般民間人が裸銃を持ち歩くことは法により厳禁されている。だがＧグループの一件以来、新堂の身辺を神経質なほど警戒する習慣が身についてしまった岩淵は、万一の場合に備え、今あえて、その法を犯しているのである。たとえ人の往き来のない静かな深い森の中であっても、警察官に見つかれば、とても穏便には済まない。

が、新堂社長を守ろうとする岩淵の忠誠心こそが、新堂にとっての大きな安心だった。もし岩淵が警察官に見咎(みとが)められたならば、何処の誰に対して手を打てばよいか、すでに彼の脳裏では準備が整っていた。

（夕暮れ近いこのような森の中で、もし猟銃を持った複数の過激な連中に不意打ちされたら、いくら私だって防ぎきれない……）

岩淵の心配が、そこにあった。〈兵器産業の全面解体〉を叫んで帝特鋼・栃木工場を襲撃した過激的平和Ｇグループは、それ以後、地下に潜入したと見えて姿を見せなかったが、栃木工場周辺には、ときどき〈軍国主義反対・死の商人即時処刑〉などと書かれたビラが、ばら撒かれることがあった。

岩淵が、新堂社長の外出や旅行に、ピリピリと神経を尖らすのは、そのためである。だが、生来的に大胆な新堂は、岩淵が心配するほど、Ｇグループの動きに対して神経過敏ではなかった。死の商人即時処刑、と書かれたビラを、記念になる、と言って社長室の壁に貼るほどである。

軽井沢滞在中も、新堂はよほど遠くでない限り、車を使おうとはしなかった。岩淵が、いくら勧めても、頑として承知しないのである。

「軽井沢に来て車に乗るくらいなら、東京にいるのと同じではないか。もう少し、風流心を持て。Ｇグループもこの深い森の中にまでは来やしないよ。それに彼らの印象とか風体なんぞを見れば直ぐに、**彼らだ**、と判るからなあ」

そう言って、いつも一蹴されてしまうのである。それだけに、新堂の身を心配する岩淵の気疲れは、大変なものであった。社長車には、Ｇグループの襲撃事件以来、防弾ガラスがはめられ、小口径銃の弾丸には耐えられるようになっている。

これも、岩淵が半ば強引に新堂を説得して、やっとガラスの取り替えが実現したのである。と書けば簡単に聞こえるが、『相当な作業手間と費用』を要した。ともかく、ワンマン社長、新堂礼一郎は、なかなか他人の言に耳を貸さぬ男だった。

一代で帝特鋼を築きあげた自信が、彼をそうさせているのである。経営ほか何事についても、自分の判断や見解が正しいのだ。己れのことを絶対に疑わぬ信念のような一徹さを、物静かなその表情の奥に秘めている。

一見して柔和で上品なその顔立ちからは、ワンマン的な印象は、余り浮かびあがらない。どこから見ても、物わかりのよい温厚な紳士に見える。そして岩淵は、そのような社長の風采（ふうさい）や印象が好きであった。彼は、穏やかな外見の新堂社長が、内に企業経営の激しい闘志とか哲学とかを潜ませていることを、側近として誰（だれ）よりもよく知っている。岩淵は、新堂社長のその激しく厳しい闘志や経営哲学が、年商五兆三千億を誇る帝特鋼を支えているのだ、と思っている。そう思うと、新堂社長に対する忠誠心が自分の身の内で『いっそう純粋なもの』になっていくような気がするのだ。

「やっと別荘の明かりが見えた。ハラが減ったね」

新堂が、濃くなった夕闇の中で、白い歯を見せて笑った。

白樺（しらかば）の林の向こうに、新堂の別荘の明かりが、はっきりと見えていた。

「明日からは、車を使って頂けませんか」

岩淵が、別荘のほうを見たまま言った。

「まだ君は、そんなことを言っとるのかね。側近として私の体を心配してくれる気持ちは解るが、この軽井沢での休息は、社内でもごく少数の役員しか知らんのだ。過激派がどうのこうのと心配し過ぎることはあるまいに」

「どうしても、お乗りにならないのでしたら、私は明日から、どこへ行かれるにもライフルを持ってお供させて頂きます」

「私も頑固だが、君も、たいてい頑固だな」

新堂が、呆れたような顔をして言った。

その時である。

別荘の明かりを背にするかたちで、白樺林の中を黒い影がチラリと横切った。

岩淵が、反射的にライフルを身構える。

「何か動きましたね」

「うむ、確かに動いた。だが家内かもしれない。迂闊に引き金を引くな」

「心得ています。でも日が落ちてからの林の中を奥様が歩かれるのは変ではありませんか。熊や猪が現れるかも知れないことを御存知でいらっしゃいます」

「うむ、そうだな……」

二人は、足音を忍ばせるようにして、別荘に近付いた。

風がでてきたのか、白樺の林がザワザワと鳴った。その音が薄気味悪かった。

別荘の門柱のあたりに、一つの黒い影が二人に背を向けて立っていた。その影は、どうやら空を見あげているようだった。身じろぎもせずにである。

岩淵は、苦笑すると、構えていた銃をおろした。

黒い影は、新堂の妻、春子であった。目のいい岩淵には影の輪郭で、そうと判った。

「家内なのかね」

新堂は、目を細めて木立の向こうに立つ黒い影を見つめながら、苛立った小声を発した。

「奥様です、間違いありません」

「君の夜間の視力も、ここまでくると野生動物的だな。が、いい加減にGグループのことは忘れて、少しのんびりしたまえ」

新堂は、岩淵にそう言い残して、春子のほうへ足早に近付いて行った。その足音に気付いて、春子が振り返った。

「あら、あなた。お帰りなさい」

「今頃ここで何をしているのかね。危うく岩淵君に、熊か猪と間違われて射ち殺されるところだったぞ」

「まあ、熊か猪ですって……澄んだ夜空に星が綺麗(きれい)なので外に出て眺めていましたのよ。射ち殺されては、たまりませんわ」

「さあ、中へ入ろう」

新堂は、春子の肩に手をやって、門の中へと消えていった。そんな二人の様子を見届けた岩淵は、念のために別荘の周囲を、ゆっくりと二度見てまわった。M13の引き金に軽く指先を触れて。

春子は、新堂の後妻だった。もう四十を幾つか過ぎてはいたが、豊かな体をした上品で明るい気性の女性(ひと)だった。

新堂には、癌で亡くなった先妻との間にも春子との間にも子供はいない。それだけに彼は、後妻の春子に、強い愛情を注いでいた。六十を過ぎた彼にとっては、二十近くも年下の春子は、自慢の細君(さいくん)だったのである。目に入れても痛くない、と言う表現がぴったりなほど、新堂は春子を心底から可愛(かわい)がった。春子も、そんな新堂には、実によく尽くしていた。

むろん、新堂夫妻の、そう言った私生活上のこまやかな機微を知っているのは、社長室長の岩淵くらいである。それほど、新堂夫妻は、岩淵に気を許していた。

2

岩淵は、体を激しく揺さぶられて、深い眠りから目を醒ますと、ギョッとしてベッドの上に体を起こした。いつの間に部屋に入ってきたのか、すぐ近くに春子の顔があったからだ。その顔は、窓から差し込む月明かりで青白かった。

「どうなさいました」

「寝室の窓の外で足音がして、目を醒ましましたの。気味が悪くって」

「社長は眠っておられるのですか」

「ええ、よく眠っています。あの年齢ですから起こさないほうがいいかなと思って……」

「その方がいいでしょう。私が外を見てきましょう。私が外に出たなら直ぐにドアの錠は閉じて下さい」

「判りました。気をつけて……」

岩淵はM13を手にし、足音を殺してそっと外に出た。新堂夫妻の寝室と岩淵の寝室は、広いロビーを間にはさんで向き合っている。岩淵は、一度門の外に出ると、自分の寝室を横目に、ぐるりと大まわりして、新堂夫妻の寝室が見渡せる灌木の間に身を潜め、じっと目を凝らした。

いる——。

二つ、いや三つの黒い影が、巨木にピタリと張り付くようにして確かにいた。

岩淵の背に、ゾクリとしたものが走った。

彼は、子供の頃から、滅多に喧嘩をしたことがない。

〈戦い〉の始まりをなまなましく予感するのは、これが初めてだった。自分の闘争本能が、果たして強いのか弱いのかよく解らない。

（だが、これがあれば大抵の者には負けない。社長を守るためには、使わせて貰うぞ）

岩淵は、**M13**の安全装置を外すと、灌木の繁みから出て月明りにその全身と**M13**を晒した。**M13**を相手に見せつけるようにしたのは、闘わずして相手を退散させるためだ。

「そこで何をしている！」

岩淵は、相手を有効に威嚇するため、出来るだけ低い声を絞り出した。

岩淵の声で三つの黒い影が、反射的に立ちあがった。視力にすぐれる岩淵には、彼らがいずれもストッキングで顔をかくしているのが解った。

「もう一度訊く。そこで何をしているのか」

「お前は、この別荘の者か」

相手の声は、ストッキングのせいで曇っていた。

「侵入者の質問に答えるつもりはない。警察への非常通報ボタンは既に押したぞ」

「そのような配線が無いことは既に確認ずみだ。我々は死の商人を処刑しに来た。だが実力行使はしない。ここへ挑戦状を置いておく。お前が死の商人の飼い犬なら、あとでこれを新堂社長に手渡しておいてくれ」

リーダーらしい男が、懐から白い封筒を取り出し、自分の足許近くへポンと投げ落とした。

「Gグループか」

「お察しの通り」

「矢張りそうか。気の毒だが、警察の鉄格子の中へ行ってもらおうか」

岩淵が、そう言ってM13を飽くまで威嚇のつもりで構えると、黒い影の一つが手にキラリと光る物を持って、岩淵に突進しようとした。

それをリーダーらしい男が素早く制止した。

「よせ、あの男の構えを見ろ。射撃のプロだ。新堂と一緒に国際射撃場にいた凄腕（すごうで）の奴（やつ）に違いない。ともかく今夜は引きあげよう」

リーダーらしい男が言うと、三つの影は素早い身のこなしで三方に散った。その散り方が、尋常な速さではない。

（奴ら、相当に本格的な訓練を積んでいる。それにしても、私や社長の軽井沢での行動は、既に奴らに掴まれている。おかしいぞ、なぜだ。社長と私の軽井沢滞在は、限られた役員（もの）しか知らないはずではないか）

岩淵は、地面に落ちているGグループの挑戦状に近付いて拾いあげると、険しい表情で闇の彼方を睨（にら）みつけた。

「怖かったわ」

不意に、背後で声がした。岩淵が振り向くと、純白のネグリジェを着た社長夫人が、月明かりの中に立っていた。

「いつの間に出てこられたのですか。まだ危険です。戻って下さい」

岩淵は眩（まぶ）しいものを眺めるように目を細めて言った。強い口調であった。夫人の身に若しもの事があれば私の手落ちになる、と、いささか腹が立ち出していた。それに薄い絹のネグリジェを通して窺える豊満な夫人の肢体は、はっきり言って迷惑であった。

「さ、早く部屋へお戻り下さい。私はもう暫く外を警戒します。今夜のことは、朝になったら、私から社長に報告しましょう」

「そうね。そうして頂戴」

二人は、灌木の小道を抜けると、優に三千坪はある芝生張りの広大な庭を前後になって歩いた。岩淵は、意外なほど若々しく張りつめている夫人の肢体が信じられなかった。日頃は、社長側近としての意識が強いせいか、夫人を特別の目で眺めることなどは、なかった。それに、彼女は、もう四十を過ぎた女である。

だが、岩淵と前後になって歩いている今宵の春子は、昼間の清楚な社長夫人とは一変していた。豊満な乳房が、薄い絹のネグリジェに包まれて揺れている。

「ごめんなさいね。こんな行儀の悪い格好で、うろたえてしまって」

夫人は、自分の身だしなみに気付いたのか、両手で豊かな胸を隠すようにしてかき抱いた。

岩淵は、そんな彼女の言葉を聞き流した。殆ど無視の態度だった。出世のためには絶対に女に油断しない。それが彼の出世哲学だった。

3

翌朝、岩淵の報告を受けた新堂礼一郎は流石に慌てた。いや、新堂を慌てさせたのは、むしろGグループが残していった挑戦状のほうであった。

〈帝特鋼の巨額の粉飾決算を世に暴露し、法的手段によって兵器産業の一角を壊滅させてみせる〉

それが、挑戦状の主旨であった。

「社長、わが社は粉飾決算をしていたのですか……」

取締役社長室長の岩淵には、経理や営業の実態がよく解っていなかった。毎期の決算原案は社長直轄組織である経理部で作成され、それが新堂によって役員会に付議されるのである。付議されるとは言っても、それは形式的に過ぎず、新堂の実質的専決によっていつも一方的に決まるのであった。こうして決算原案は〈役員会承認決算〉として、正式に印刷されるのである。

「社長室長の君は余計な心配をせんでよい。ともかく、直ちに本社へ戻ろう。Gグループへの具体的な対応策は、それからだ」

新堂の顔色は、蒼白であった。滅多に取り乱すことのないワンマン社長が、まだ数日残っている軽井沢の日程を取り消そうと言うのだ。

（社長の狼狽ぶりは普通じゃあない。ひょっとしてGグループが暴露すると言っている**粉飾決算**は事実なのではないか？　だとすれば、連中はその情報をどこから手に入れたのか。社長が軽井沢に滞在していることも連中は知っていた。どうも、おかしいぞ。この裏には、きっと何かある）

岩淵は、どんなことがあっても、側近として社長や帝特鋼を守らねばならない、と思った。それは自分の地位と生活を守ることに通じるのだ。弱気の姿勢でいる訳にはいかない。

既に、素姓が見えぬGグループに対する、熱い闘争本能が、三十八歳の岩淵の肉体に流れ始めていた。そしてそれは、鍛えぬかれたプロ・ビジネスマンとしての闘いの本能でもあった。

社長専用車は、新堂夫妻と岩淵の三人を乗せて、フルスピードで東京に向かった。

「もっとスピードを出しなさい」

新堂が、苛立った声で、初老の運転手に命じた。社長専用車の運転手は、社長の行動目的によっては、社長室長の岩淵がする場合も多多ある。重大な企業機密にかかわる事もあるからだ。

　新堂夫妻と岩淵は、ゆったりとした後部シートに体を沈めていた。二人の男にはさまれて、春子は真ん中に坐っていたが、その表情は暗く翳っていた。

　岩淵はGグループの手から、徹底して新堂と帝特鋼を守らないと、常務の座を狙う自分の野心が実現しなくなる恐れがある、と思った。

（私の野心は、新堂社長と帝特鋼が存在してこそ実現する。この会社は私の檜舞台なのだ。Gグループの自由にはさせない……）

　彼は、自分に向かって、そう言い聞かせた。

　車が東京へ近付くに従って、岩淵の体は焼けた鉄のように熱く燃えあがった。それは、過激派Gグループに対して、彼が、はっきりと〈対決〉を覚悟した証でもあった。

　そんな岩淵の心中に、新堂社長は、まだ気付いてはいない。

　正午前に、社長専用車は帝特鋼の丸の内本社に滑り込んだ。新堂は、待ちかねたように先に降りると、まだ車内に残っている二人に向かって、

「春子は、このまま岩淵君に屋敷まで送ってもらいなさい。万一のことがあってはいけないからね。それから岩淵君は、屋敷のどこかが連中の手によって破壊されていな

いかどうかを念のために、調べてみてくれ」

と言った。

「畏まりました」

シートに体を預けたまま岩淵が頷いてドアを閉めると、社長専用車はゆっくりと動き出した。

しかし自由が丘にある新堂邸には、心配していた異常はなかった。敷地五百坪の、この屋敷に、新堂夫妻は、お手伝いも雇わずにたった二人で住んでいる。

「女中などはいらない。家内以外の女に、世話をやいてもらう気にはなれんよ」

岩淵は幾度か、新堂社長に女中を雇うように勧めたが、新堂は決まって〈家内一点張り〉であった。

まさに、春子に対する熱愛ぶりの証と言えば証であった。

「屋敷まわりにはどこにも異常はありません。しかし各部屋の窓などの戸じまりには気をつけておいたほうがいいでしょう」

「どうもご苦労様。主人の身辺のこと、くれぐれも気をつけて下さいね」

「ええ、ご安心下さい」

屋敷の内外を見て回った岩淵は、夫人に勧められるまま銀木犀の咲き乱れる庭に面したリビングルームで、彼女と向き合って紅茶を味わった。

広い邸内は、ひっそりとした静寂に支配されていた。

ときおり思い出したように、生き残りのクマゼミが庭のどこかでシャーシャーと鳴いた。

春子が思い出したように言った。

「岩淵さんは堅物な性格かしら？」

「えっ……どう言う意味ですか」

「どう言う意味って……言葉通りの意味よ」

「堅物かどうかは判りませんが、ルールを破る奴とか、無教養な奴は敬遠します……嫌いですね」

「矢張り堅物なのね。いま私があなたに妖しさを見せて誘っても、乗ってこないわね」

「無視するか、軽蔑します」

「ま……」

「すみません」

クマゼミが、またうるさく鳴き出した。

4

その翌日、社長室に呼ばれた岩淵は、思いつめたような表情の新堂社長から、粉飾決算を告白された。公表している年商のうち、三千億円以上が粉飾額だと言うのである。

その額の余りの大きさに、岩淵は衝撃を受けた。

「粉飾は前期だけでなく、それ以前もなさっておられたのですか」

「うむ、ここ五期ばかり続けている」

「なぜです社長、わが社は粉飾しなければならないほど経営状態は悪くないはずです」

「君はまだ若い。経営の本質をまだ解っておらん。陸上自衛隊からの安定的な受注を確保するには企業力がものを言うんだ。企業力とは信用であり、企業の基本的信用というのはね君、売り上げ如何(いかん)によって左右されるのだ」

「社長は業界第二の重・軽火器メーカーである大日本特殊機械に追いつかれることを意識され過ぎておられるのではありませんか。あの会社の年商は我我(われわれ)から見れば、まだまだ**番頭**クラス、いや、**手代**クラスにしか過ぎません。技術力でも圧倒的な差があります」

「確かに今は**手代**クラスだ。しかし、あの会社の成長率は凄(すご)い。油断はできないぞ。海上自衛隊向けの装備では、急速に伸びている」

「だからと言って、粉飾で企業の体力を擬装するのは邪道です。ビジネスは、あくまで実力で勝負すべきです」

「正論はそうだ。だが現実の企業社会というものは、もっとドロドロしているんだよ。白いものと黒いものが、混じり合っておるのだ。ともかくGグループに狙われた、今のわが社は、悠長なことを言ってはおれない。なんとしてもGグループの動きを封じる方策を考えねば」

「ですが社長、私たちの軽井沢滞在や、粉飾の事実をGグループが知っているのは何だか不自然過ぎます」

「私もそう思って、きのう本社に着いて直ぐ、上級幹部の気配をそれとなく探(さぐ)ってみたんだが、この私を裏切る勇気のある奴など社内にはいそうにない」

「とは言っても現実に情報が漏れているではありませんか。**擬装会計**の事実を知っているのは誰と誰ですか」

「私と経理部長の稲尾君だ。いや、営業本部長の山内専務も知っている。売上げ額の擬装は、もともとこの山内専務の発案なんだ」

「なんですって。社長ご自身の考えでなさった粉飾ではなかったのですか」

「そう、粉飾粉飾と言うな……が、まあいい。最初に発案したのは山内専務だが、その後、五期連続で粉飾指令を出したのは私だ。大日本特殊機械の海上自衛隊向けが急激に伸びていたので、営業担当の山内専務に焦りがあったことは事実だ。しかし、五期連続で巨額の粉飾を続けることは、流石に彼も反対した。それを私が強行したんだ。全責任は私一人にある」

「海上自衛隊が大日本特殊機械にとられても、わが社は陸上自衛隊の殆どの重・軽火器を独占しています。競合メーカーの伸びが著しいからと言って、売上げ規模を粉飾してまで焦る必要はなかったと思いますが……」

「ここで君と議論しているひまはない。ともかく、今回の重大問題は、君の全力投球によって徹底的に解明し、解決してもらいたい。調査費用は必要なだけ使っていい。私と帝特鋼の運命がかかっているんだ。やってくれるね。Gグループを必ず封じるんだ」

「むろん、私にやらせて下さい」

「頼む。但し、中途半端な解決はいかん。禍いの根を完全に絶つんだ」

「と言われますと……」

「禍いの根を見つけたなら……思い切って……消してくれ」

「えっ、殺せと言われるのですか⁉」

「岩淵君、私は大変な覚悟と、大きな苦悩の中で君に全てを打ち明けて頼んでいるんだ。万一の時は、君や君の家族のことは、私が全責任を持って引き受ける。この社長特命を引き受けてくれ」

「……………」

「わが社の命運がかかっているんだ。Gグループの手によって粉飾の詳細が世間に公表されたなら、当然、陸上自衛隊もメイン・バンクも、わが社との取引から手を引くだろう。そうなると、もはや企業運営は不可能だ。八千名の正規従業員と五千名の期間雇用者が路頭に迷ってしまいかねない」

「……解りました社長。やってみましょう。但し、お願いがあります」

「言わなくても心得ている。今期は、もう粉飾はしない。それに一件落着の暁には、君の飛び級昇進を確約するよ。必ずな……」

「そうではありません。栃木工場から狙撃兵用のサイレンサーを一つ、役員会の研究課題用として取り寄せてほしいのです。私が取り寄せるのは、不自然ですから」

「ライフルを使うつもりなのか」

「社長は、この私にナイフを使用せよとでも言われるのですか」

「いや、君なら矢張りライフルだ。サイレンサーは至急取り寄せよう。だが慎重にやってくれよ。Gグループは軍事訓練までやっている過激派と言われているからな」

新堂の顔も、岩淵の顔も蒼白であった。二人とも、ビジネスマンらしからぬ自分たちの話の内容の恐ろしさに、充分気付いているのである。

せっぱつまった息苦しさが、二人の間には漂っていた。それは、追いつめられた、どうしようもない重圧感であった。だが岩淵は、その戦慄と重圧感の中で、激しい野心を燃えたぎらせた。

(私はやる。飛び級昇進で専務へと、いや出来れば副社長の座までは上り詰めたい。それには新堂社長に大きな貸しをつくるべきだ。その貸しを軸にして、私は全力投球する。場合によっては、新堂社長の座を狙うことだって辞さない。それが闘うビジネスマンのロマンと言うやつだ)

5

岩淵は、粉飾決算も社長の軽井沢滞在も、全て内部の者によって情報が漏らされているに違いない、と疑った。それしか考えようがないのである。

彼は、徹底的に、経理部長の稲尾と、専務取締役営業本部長の山内をマークした。二人とも誠実で温厚な人物であり、確かに新堂の言うように、社長を裏切るほどの勇気があるとは思えない。しかし、岩淵の動物的な直感が、何だか妙に二人を捉(とら)えて離さないのだ。

（稲尾は粉飾決算実務を扱う中心人物だ。粉飾の発案者でもある山内専務は五期連続にわたる粉飾の事実を知っているし、社長の軽井沢滞在日程も詳しく知っている。この二人をマークしていれば必ず何か出てくる）

岩淵は、そう思った。そして、彼のその『予感』は……当たっていたのである！

岩淵は、まず経理部長の稲尾の不審な行動に気付いた。稲尾は、年齢も入社時期も岩淵よりは、三、四年先輩である。だが温厚小心な性格が災いして、まだ取締役にはなっていなかった。その稲尾が、極めて頻繁に、神田にある近代日本出版社(きんだいにほんしゅっぱんしゃ)と言う小さな出版社に出入りし、その帰路、決まってメイン・バンクである東京興業銀行の大手町本店に立ち寄ることが解ったのだ。しかも彼は、業務終了後、専務の山内と、たびたび連れ立って夕食を共にしたり、クラブで酒を飲んだりしていた。

（近代日本出版社、東京興業銀行、稲尾、山内、この四つの点を結んだ線上に、きっと何かがある。何かが……）

岩淵は、自分が少しずつ問題の核心へ向かって近付きつつあるような気がした。だが、ゆっくりはしておれない。過激派Gグループが、粉飾公表の前に、根を絶たねばならないのだ。一秒の遅れが、取り返しのつかない事態を招く恐れがあるのだ。

そんな焦りの中で、岩淵は稲尾の出勤を確認したあと、練馬にある彼の自宅を思いきって訪ねてみた。

自宅には、彼の細君の奈津子が一人いるだけだった。二人いる娘は、いずれも中学生で、午後四時近くにならないと帰ってこない。岩淵は、『社長室長権限』で、課長以上の人事調査書を一括保管している。その人事調査書で、稲尾の家庭状況を念入りに調べて、午後四時頃までは細君の奈津子が一人だけであることを確認していた。

岩淵と奈津子は、狭い応接室で向き合った。

むろん、二人は初対面だ。

奈津子は、取締役社長室長の突然の訪問に、かなりうろたえた。色の浅黒い、瘦(や)せた地味な女だった。岩淵は言葉を飾ることなく、率直に言った。これも計算の内だった。

「……そう言う訳で、社内の重要機密が外部に漏れており、私は、稲尾部長が絡(から)んでいると見ています。今なら、彼の行動をまだ食い止められます。稲尾部長の最近の行動で特に変わったところは思いあたりませんか」

「そんな……あの温厚な主人に限って、会社を裏切るなどとても考えられません」

岩淵の話は、奈津子を驚かせ、そして怯えさせた。

「奥さん、冷静になって下さい。私は貴女(あなた)を脅すために来たのではありません。ビジネスマンとしての稲尾部長の運命が、場合によっては悲劇的な方向へと変わるかもしれないのです。私は力になりたい、そう思ってお訪ねした訳です。どんなことでもいいから気付いたことを話して下さい。稲尾部長は非常に危険なグループと交流している恐れがあります。場合によっては生命(いのち)が危ない」

「え、命が?……」

「そうです。命の危険があるのです」

「主人を助けてやって下さい。お願い致します。私には、本当に何が何だかよく解りません。でも、ここ三、四カ月、主人の金使いが急に派手になりました。家のお金を持ち出す訳でもないのに新しい車を買ったり、ステレオを買い替えたり……私がお金の出どころを訊ねても、会計事務所でアルバイトをしている、としか言ってくれません。私が主人の変わった点に気付いたのは、それくらいです」

「解りました。それだけ聞かせて頂ければ充分です。今日、私が来たことは、稲尾部長には内密にしておいて下さい」

「はい」

「本当に内密ですよ。約束して下さいますね。御主人のためにも……」

「お約束いたします」

岩淵は頷き、勢いつけてソファから立ちあがった。奈津子も、よろけるように立ちあがって、岩淵を玄関まで送ろうとした。

「主人のこと、本当にどうか、宜敷くお願い致します。気の弱い人ですから」

うなだれて言う奈津子の声は弱々しかった。

「奥さんは私に貴重な情報を下さった。だから二人の子供さんのことや御主人のこと奥さんのこと、私が全責任を持って色色と気配りさせて戴きます。安心して下さい」

岩淵は、そう言い残して、稲尾家を出た。

（俺は、なんと口車の巧みな男なんだ！）

彼は、自分自身に不快なものを感じて、思わず背筋が寒くなった。

（しかし、ビジネス界では口車も戦法の一つ……これでいいんだ。凡人はビジネス界で生き抜くことは出来ない。奈津子は稲尾に何も喋らんだろう。私の任務がやりやすくなる。ビジネスマンとしての栄光を手にするまでは、私はどんな悪辣な手段でも、行使しなければならないのだ）

岩淵は、そう思って、自分を奮い立たせた。

6

岩淵の運転するクラウンは、前を行く白いボディの真新しいセドリックを尾行していた。そのセドリックこそ、稲尾が出所不明の金で買ったと言う新車であった。

その稲尾が、法事を理由に三日間の有給休暇をとったのだ。

これまでの彼は、休日以外に休んだことのない真面目な男だった。ピンときた岩淵は、直ちに奈津子に電話連絡をとった。案の定、稲尾は愛妻に対して、三日間の出張、と嘘をついていた。

「主人はどこへ行こうとしているのでしょう……心配で心配で」

貞淑な妻、奈津子は心底から夫の身を心配していた。言葉の調子にそれがあらわれていた。

「心配いりません。何か解り次第すぐにご連絡しましょう」

岩淵は事務的な口調で言うと電話を切った。

セドリックは、いったん東京興業銀行大手町本店の地下駐車場に吸い込まれたが、三十分ほどすると、また出てきた。

岩淵は、尾行を再開した。

セドリックは、首都高速道路から、中央自動車道に入ると、時速百キロ以上のスピードで走り続けた。

静粛性にすぐれるクラウンのエンジンが微かな唸(うな)りをあげて、それを追った。その助手席には、岩淵の愛銃、英国製ＳＫ３式七連発ライフルが、牛革ケースに納められ横たわっていた。

稲尾の車は中央自動車道の大月(おおつき)インターを出ると、国道１３９号を走って谷村(やむら)に出、そこから県道に入って裏丹沢(うらたんざわ)の方角を目ざして走った。その方角から察して、尋常ならざる何事かがあることを想像させそうだった。

岩淵は、大平と言う小さな村はずれの巨木の陰でクラウンを止め、ライフルに実弾を装塡した。県道は、裏丹沢を目ざして、まっすぐ一本道であると承知している。多少、稲尾の車との距離が開いても見失う恐れはなかった。

岩淵は、車をスタートさせた。

周囲の山々は標高千メートル以上の険しさであり、樹木は深い繁りを見せていた。

クラウンは、十分ばかり走ると道坂トンネルに入り、それを抜け出て少し先の方へ行くと、道の脇に稲尾の車が止まっているのが見えた。

岩淵は、車をUターンさせて道坂トンネルの入口脇に設けられている緊急待避スペースにまで引き返すと、エンジンを止め、用心深く周囲を見まわしてから車を降りた。

深山の静寂が、耳に痛いほどであった。

彼は人気を避けて歩いた。彼の肩には銃が納まった革ケースが掛けられ、上着の内ポケットにはサイレンサーを忍ばせている。

深い木立の小道伝いに忍び足でそっとセドリックに近付いてみると、車内に稲尾の姿はなかった。

岩淵は、そこから林の奥へと続いている赤土の小道に足を踏み入れた。誰かが先に歩いた跡があった。

二時間ばかり歩いた時、岩淵は反射的に体を伏せた。深い木立の向こうに、炭焼き場と思われる小屋を発見したからだ。そして、その小屋の前で、人相のよくない二、三人の男たちが木刀の素振りをしていた。

（Gグループだ、そうに違いない。ここがアジトだったのか。とすれば、稲尾は矢張り彼らと……しかしなぜだ。彼らと接触して稲尾に一体どんな得があると言うんだ）

岩淵は上着の内ポケットから取り出したサイレンサーを、ライフルに装着した。ぞくぞくするような恐怖感が背筋を貫（つらぬ）いた。

彼はこれまで人に対し、銃口を向けたことなど一度もなかった。撃つ気で銃口を向けてきたのは射撃場の標的か、繁殖力・生命力が旺盛な猪（いのしし）だけである。**熊にだけは銃口を向けたことがない。熊は絶滅危惧種――人間が原因をつくった――の間近に位置する『体の大きな弱小生命体』であると心得ているからだ。我が国は、こう言った野生の生命体管理にかかわる国家機関が皆無な後進国だ**と岩淵はつくづく思っている。したがって彼は、銃を真に大切にする者として、それが当たり前だと思ってきた。

けれども今、人に銃を向けることの恐怖感とは別に、プロの射撃手としての冷ややかな本能が、岩淵の五感を支配し始めていた。己れの昇進栄達を賭けた。

彼は、樹木の根や蔓に足をとられながら、慎重に炭焼き小屋の周囲を一周した。

小屋の東側にガラスの入っていない木枠だけの大きな窓があり、そこから三人の男の顔と、壁に掛かっている二丁の猟銃が見えた。

三人の男のうち、一人はサングラスをかけた稲尾の顔であった。

（Gグループは、生かしてはおけない。新堂社長のためにも、俺自身の栄達のためにも……）

岩淵は胸の内で呟いて銃を静かに構えた。顔色が緊張と恐怖で、蠟のように真っ白になっていた。しかし、張りつめた神経に支えられた銃身は、標的を捉えて微動だにしない。鍛えぬかれた射撃手の凄みが、そこにあった。栄達への野心に支えられた凄みだ。

彼は小さな迷いを邪魔に思いつつ、引き金を絞った。

ボッと鈍い音がするのと、狙った男がのけぞるのとが殆ど同時であった。残った二つの顔が、一瞬の間を置いて恐怖に歪む前に、岩淵の銃口は二発目の音を発していた。

眉間を射抜かれた二人目の男が、後方に吹き飛んだ。

稲尾が、漸く甲高い悲鳴をあげ、壁に掛かっている猟銃に飛びついた。

小屋の外にいた二、三人が、どうした、と叫びながら、小屋の中へ飛び込む。

岩淵は背を低くして、小屋の入口が見渡せる最初の場所へ戻った。

「誰がやった。稲尾、お前なのか……」

「私ではありません、本当です」

「そう言えば銃声がしていないな。相手はサイレンサーをつけているのかもしれんぞ。気をつけろ」

男たちと稲尾の短いやりとりが終わると、小屋の中は急に静まり返った。

岩淵は、拳大(こぶしだい)の石を拾うと、小屋の屋根に向かって投げつけた。

ガツンと、大きな音がした。

猟銃を手にした一人の大柄な男が飛び出してきた。

岩淵の蒼白な顔に、ふっと笑みが浮かんだ。

その表情は、もはや有能なビジネスマンとしての岩淵の顔ではなかった。一匹の獲物を捉えた、プロのハンターの非情な顔だった。人を殺すことに恍惚となり出した者の顔でもあった。

大柄な男が、岩淵に気付いた。彼は猟銃を構えながら小屋の中に向かって何か叫ぼうとした。

岩淵のＳＫ３が火を噴いたのは、その瞬間だった。男は頭部を射抜かれ、声もたてずに倒れた。

ヒーッと言う悲鳴が小屋の中から聞こえ、続いて窓枠を蹴破る音とバタバタと人の走り去る音がした。

岩淵は、ゆっくりと小屋に近付いた。稲尾が、部屋の隅にもたれ、頭を抱えて震えていた。床は血の海だった。

「私だ、顔をあげろ。岩淵だ……」

「えっ」

「驚いたか。血糊の上に足跡を残さぬよう、気をつけて小屋の外へ出てこい」

二人は、木立ち深い林の小道を戻った。

「理由を話してもらおうか。いちいち質問はしない。だが、大凡のスジは読めている」

「解った。全て話す。だから射たないでくれ」

「射ちはしない。その前に、いま身につけている会社関係のものは全部出すんだ。携帯、名刺、社員証、定期券などだ。あんたは、もう明日から出社の必要はない。会社に背を向けたんだからな。そうだろう」

「クビにする気なのか。会社を裏切った私は確かに悪い。だが岩淵室長、あんたは殺人者だ。三人も殺している」

「これが会社への忠誠心というものだ。俺なりのな。ついでに、もう一人殺(や)ってもいいと、俺の忠誠心は囁いてるよ」

「いや、いや、悪かった。許してくれ、つい口がすべった」

稲尾は震える手で、言われた通り、携帯、名刺、社員証、定期券などを岩淵に手渡した。

「もっと重要なものがあるはずだ。会社に関する機密書類を持ってきているだろう」

岩淵が睨みつけると、稲尾は背広の両内ポケットから、二通の茶封筒に入ったものを取り出した。厚みがあった。

それには、過去五期にわたる帝特鋼の粉飾決算の実態が、稲垣の手によって詳細に分析され、レポートされていた。

「さあ、理由(わけ)を話してもらおうか」

「は、話すよ。炭焼き小屋の連中は、過激的平和Gグループの要員で、この山全体が彼らの武闘訓練場だ。本拠は神田の近代日本出版社の中にある。先程岩淵室長が射殺した三人の男は過激的平和Ｇグループの総帥、副総帥、武闘委員長の三幹部だ。このうち武闘委員長が、もと大日本特殊機械の労組委員長をしていた……」

「なんだって」

「力強い活動を続けてきたＧグループだが、さすがに最近は資金難に陥っていた。武闘委員長は、資金獲得のために、まず内情に詳しい大日本特殊機械から血祭りにあげようとした。だがＧグループが資金難に陥っていると気付いた大日本側は、連中に〝帝特鋼の血祭り〟をけしかけたんだ。むろん、Ｇグループに対して定期的に多額の資金援助をすることを条件として……」

「おのれ、ブタどもめが」

「それだけじゃあない。大日本は我が社の山内専務を副社長として引き抜くため、密かに接近を開始していた。私は山内専務に頼まれ、Ｇグループと接触するようになったんだ」

「その成功報酬は何だ」

「私は大日本とは直接の接触はない。しかし正直のところ、大日本は山内専務を通じて、私へかなりの礼金を支払ってくれた。それに取締役審査部長の椅子も約束してくれた」

「卑劣な奴らだ。ビジネスの世界は実力が武器だ。稲尾部長は、どうして帝特鋼の重役に挑戦しないんだ。血みどろになって挑戦すればよかったんだ。それが正々堂々というものだろうが」

「私にそんな実力はないよ。入社も年齢も後輩である岩淵室長にまで抜かれている」

「東京興業銀行の大手町本店へ頻繁に出入りしていたのはどういう訳だ。メイン・バンクではあっても、わが社を管轄しているのは丸の内支店じゃないか。経理部長といえど本店に対してはそれほど用はないはずだろう。この事件には、東京興銀も一枚加わっているのか」

「大日本は猛烈な現ナマ攻勢で、東京興銀の酒井(さかい)頭取にも接近を開始し、同時にメイン・バンクを東京興銀に乗り替えたんだ。狙いは酒井頭取を動かして大日本より世帯の大きい帝特鋼を吸収合併することだった。噂(うわさ)では、大日本は東京興業銀行の酒井頭取個人に一億円を支払ったとか言われている」

「一億円……無茶過ぎる買収工作だな」

「だが、いくら酒井頭取でも、帝特鋼に重大な経営上の問題がない限り、吸収合併の工作はできない。そんな時に、粉飾決算の発案者である帝特鋼(うち)の山内専務が、大日本側へわが社の粉飾の事実を漏らしたんだ。そして、それが酒井頭取の耳にも伝えられた」

「それで稲尾部長は、酒井頭取からもGグループからも、過去五期にわたる粉飾実態の詳細な分析書を要求されていたんだな」

「苦しかった。だが私にとって目の前にぶら下がった取締役審査部長の椅子は、余りにも魅力があり過ぎた。岩淵室長、どうか許してくれ」

「今頃許してくれなど、もう遅い。あんたは、たった今から帝特鋼の社員じゃあない。ここで別れよう」

岩淵は、稲尾を一瞥すると、足早に彼から離れていった。

平日のせいもあって、厚い雨雲に覆われた中央自動車道はすいていた。

ハンドルを握る岩淵は、不思議な気分の明るさを覚えていた。つい先程、三人の過激派を射殺したというのに、今の岩淵には、それが恐るべき犯罪だとは、どうしても思えなかった。むしろ、大事な任務の一つを終えたという、爽快な気分にひたっていた。

（だが、最後の詰めをしなくては……）

胸の内で呟く岩淵の目は、鋭い光を放っていた。謀略者の目つきだ。

車が相模湖インター近くにさしかかった時、腹の底に響くような雷鳴が轟き、横なぐりの雨が車体を叩き始めた。

岩淵は、パーキング・エリアに車を乗り入れると、どしゃぶりの雨の中に降り立った。

彼は、ライフル・ケースを手に、雨に打たれながらパーキング・エリアの裏山に登った。そんな彼の行動に気付く者は誰もいなかった。

熊笹繁る裏山を、高速道路に沿うかたちで少し進んだあたりに、大きな楡の老木が枝を広げていた。

彼は、その枝の下で辛うじて雨を避けると、ライフル・ケースからＳＫ３を取り出し、サイレンサーを装着した。

彼の脳裏に、奈津子の顔がチラリと浮かんで消えた。

良心の呵責はなかった。これが稲尾の運命なのだ、という気がした。三人の過激派を射殺したことで今の私の神経は麻痺しているのかもしれない、とも思った。

岩淵はＳＫ３にスコープを装着すると、そのレンズを通して高速道路を覗き込んだ。雨がレンズを叩いた。それを指先で拭う。二、三度その動作を繰り返したあと、

「来たっ」

と、岩淵は呟いた。

数百メートル先の雨の中を、白いセドリックがかなりのスピードで、こちらに向かってくる。

岩淵は流石に生唾(なまつば)を飲み込んだ。

照準は、ピタリと左前輪に吸い付いていた。また雨粒がレンズを叩いたが、岩淵は我慢し彼方へ神経を集中させた。

そして、彼は引き金を絞った。発射の衝撃が、ズンと鎖骨下の三角筋を打つ。

セドリックが、大きく左へ傾斜した。

続いて左後輪を狙い射った二発目の衝撃が、岩淵の肩に食い込んだ。

セドリックは、道路中央で二、三度回転すると、ガード・レールに激突し、空中に浮きあがるようにして、反対車線に叩きつけられ、たちまち燃えあがった。

岩淵は、そっと笑った。

なぜ笑ったのか、彼は自分でも判らなかった。

7

稲尾の葬儀がひっそりと終わって四、五日経ってから、裏丹沢の腐乱し始めた射殺死体が、山林を定期巡回中の営林署員によって発見された。山梨県警と警視庁の合同捜査本部は、それを過激派の内ゲバ事件として片づけた。

「稲尾の死は、雨の中でスピードを出し過ぎたための交通事故。そして裏丹沢の一件は内ゲバ……何も懸念すべき痕跡は残っておりません。どうかご安心下さい。あとは、山内専務、大日本特殊機械、酒井頭取の三者に対して、どう対処するかです」

岩淵が静かな淡々とした口調で言うと、新堂礼一郎は彼の顔をしげしげと眺めた。

「忠誠心の凄い男だとは思っていたが……君は確かに恐るべきビジネスマンだ。命じた仕事は必ずやり遂げる」

「だが正直のところ平気ではありませんでした。自分自身に対して強気を見せてはいたものの、引き金を絞る時は怖くて神に祈りましたよ」

「苦労をかけたね。ありがとう。経理部長の後任も早急に考えねばならないが、当分は私が直接、経理部に仕事を命じることにしよう。それよりも君が言うように、わが社を陥れようとした三人に対して如何に対処するかだ……」

「Gグループは三幹部の死で、組織的壊滅に向かうと思いますが、山内、大日本、酒井の三者には余程慎重に当たらねばなりません。既に酒井頭取の手元には、稲尾からの粉飾分析書が届いているはずですから」

「まずいなあ……本当にまずい」

「ともかく、私に任せて下さい。社長は今回の件では、いっさい動かないほうがよろしいかと思います。但し今期は、どんなことがあっても粉飾決算をしないと約束して下さい」

「解っている。君の苦労を無にはしないよ。粉飾をしないことで、売り上げは前期より多少ダウンするかもしれんが、もう虚飾行為はよそう。約束する。経理部を牛耳るようなことは絶対にしないから」

新堂や岩淵が恐れているのは、なんと言ってもメイン・バンク東京興業銀行の酒井頭取の出方であった。帝特鋼は、東京興業銀行から巨額の融資を受けている。しかも、栃木工場の拡張と付属研究所の充実に、新たな融資を申請中であった。この融資が実現しないと、帝特鋼は、生産の面で打撃を受けることになるのだ。

航空自衛隊は、次期主力戦闘機にF20シャークを五百機、米国からの技術導入で国産することを決定しており、これに搭載する高性能バルカン機関砲の生産が、帝特鋼に対して内示されていた。

しかし生産のメイン工場である栃木工場は、既に陸上自衛隊向けの重・軽火器の生産で手一杯であり、航空自衛隊の受注に応える(こた)には、どうしても現工場を拡張せざるを得なかった。そうでないと、その受注が大日本特殊機械へ流れる恐れが、多分にあったのである。

航空自衛隊では、Ｆ20シャークの導入と並行してヘリコプター機動師団の大増強を計画しており、帝特鋼がバルカン砲の生産能力さえ整えれば、数百機のバートル型ヘリコプターに搭載する二〇ミリ、四〇ミリ機関砲の受注も帝特鋼へ回される可能性があった。それだけに、『付属研究所の融資』は絶対に必要だったのだ。

「慎重にやってくれよ。うっかり下手な方法で酒井頭取を刺激すると、まずいことになる」

常に強気な新堂社長も、流石に心配した。

「充分心得ています。ご安心下さい」

「稲尾君が亡くなったあと、山内専務の反応はどうかね」

「さり気なく観察を続けていますが、かなりショックだったようです。元気がありません」

「うむ、もともと温順な善人だからね。だが善人ほど外圧には脆（もろ）いな。つくづく、そう思うよ。今の混沌（こんとん）とした世の中を生き抜くには、多少ワルでないと駄目なような気がする」

「お言葉を返すようですが、ワルは絶対に長生きは出来ません」

「そうだろうか」

「ええ、そうです。私は、ワルは好きになれません」

「ふうん、好きになれない、か……ま、いいか。ともかく山内専務を、しっかり観察し続けてくれたまえ」

「はい」

「まったく、君は頼りになる側近だよ」

そう言った新堂の口元に、冷たい微笑が浮かんだ。

この美しい白髪の上品な紳士こそが、恐るべき謀略家でありワル、と言えるのであろうか。新堂の微笑は、そんな自分自身に対する微笑だったのであろうか。

岩淵は、根気よく山内を観察し続けた。だが目立った変化はなかった。決まった時間に毎朝目黒（めぐろ）の自宅を出、いつもと同じように近くの牛丼屋（ぎゅうどんや）で昼食をとり、決まった時間に自宅へ戻っている。しかし、山内が執務中にかける電話だけは、岩淵にもチェックの仕様がなかった。電子式電話交換システムの担当者に命じて、電話を盗聴させる訳にもいかないし、自分が『電子交換台』の前に座って盗聴行為をする訳にもいかない。岩淵の動きは、徹底的に〈一人に徹する〉必要があった。秘密を守るには、それ以外によい方法はないのだ。

　もし事件の片鱗(へんりん)が少しでも漏れれば、たちまち岩淵の人生に終止符が打たれることになる。いや、岩淵だけではない。彼の背後にいる新堂社長も、間違いなく『法の前』に立たされ、帝特鋼の経営に重大な危機が訪れることになる。

　そう言った事態を回避するために、岩淵の動きは、驚くほど精密で神経質であった。

　幾日かが経ったある日、ニュー新宿(しんじゅく)ステーションビルの八階にある喫茶店『ベルモンド』で、岩淵は昼過ぎに新堂社長夫人に会った。

　夫人のほうから、会社へ偽名で電話をかけてきたのだ。

「少しずつ涼しくなってきましたわね」

　夫人は、そう言って、まっすぐに岩淵の顔を見つめた。その眼差しは、いつものように上品で毅然(きぜん)としていた。

「間もなく十月ですからね。そろそろ軽井沢界隈の樹木も紅葉を始めるのではありませんか」

岩淵は、ピースに火をつけると、相手と目を合わせ、言葉を続けた。

「お電話では、何か大事なお話があるとのことでしたが」

「お忙しいところお呼び出ししたりしてご免なさいね。お仕事の都合はよろしいの？」

「今日は、もう社へ戻らないつもりですから、時間のことは気にしないで下さい」

「でも、まだ一時前でしてよ。お忙しければ私の話を聞かれてから、社へお戻りになって下さい」

「では、そうさせて頂きます。で、お話って何ですか」

「最近、主人が変ですの。余り私と口をきいてくれませんし、とても不機嫌なのです。それに急に食欲がなくなったみたいで……岩淵さん、主人から何か体調の事とか悩みとか聞いていらっしゃいませんかしら」

夫人は、小声になっていた。

「体調とか悩み事、と仰いますと、余程に社長の様子がおかしいのですね」

「ええ……」

夫人は不安そうに、視線を落として頷いた。

「気のせいではありませんか。社長とは毎日のように顔を合わせていますが、私の目には、お元気に見えますよ」

「なら、いいのですけれど……」

「会社の重要な仕事には、私も直接関わっています。なるべく社長の神経が疲れないよう、私も全力で動いたり、気配りを致しますから、ご心配には及びません。間もなく、重要な仕事一つが終わりますから、多少は社長の気分も軽くはなりましょう」

「そうですか。それを聞いて安心しました」

静かな店内には、三、四人の客しかいなかった。〝慕情〟のメロディが流れ、それが岩淵の体に、しみ込んできた。

「あなたも、何だかお疲れのようですわね岩淵さん」

「解りますか……確かに、このところ少々疲れています。なにしろ取締役社長室長ですから……仕方ありません」

「社長室長って、大変なお仕事なんでしょうね。主人がワンマンで申し訳ないと思っています」

「社長夫人が社員に謝るのは変ですよ」

思わず二人は顔を見合わせて、笑った。

「さて、もう此処を出ましょう。タクシーを拾って差し上げますよ。会社における社長のことは私にお任せ下さい」

岩淵がそう言って立ちあがると夫人も頷いて腰を上げた。岩淵はレジで支払いを済ませ、夫人を促すようにして足早に『ベルモンド』を出た。

車が激しく往き来する表通りの路肩に立って、タクシーを探す岩淵は、全く別のことを考え始めていた。表情が険しくなっていたが、彼の後ろに立っている夫人は気付かない。

（家庭に戻った社長が、私が打ち出した策に実は怯えているとしたら……こいつあ、まずいぞ。私の身の破滅につながりかねない……その時には……）

岩淵は喉仏をゴクリとさせながら、胸の内で己れに命じた。ライフルの銃口を社長に向けよ、と。そして場合によっては、今うしろに控えている夫人も消せ、と。

8

東京興銀が、帝特鋼に対する『付属研究所対策融資』を決定したのは、岩淵と新堂社長夫人が『ベルモンド』で面談した、その翌日のことであった。

しかし酒井頭取は、融資決定の交換条件として、新堂社長が恐れていた要求を、正面きって突きつけてきたのである。

「頭取は、研究所対策融資はすぐにでも実行する。そのかわり大日本特殊機械との合併を、早急に進めることを検討してくれと言うんだ。かなり高圧的な口調だった」

岩淵にそう打ち明ける新堂社長の表情は、苦し気であった。

「敵は、わが社の粉飾分析書を手にしていますから強いですよ」

「しかし、頭取は、そんな奥の手は曖気(おくび)にも出さんのだ。ただ一方的に、合併を検討しろ検討しろ、と言うだけでね」

「で、合併の形式は?」

「いや、そういう具体的なところまで話は出ていない。これから時間をかけて、ジリジリと攻めてくるつもりに違いない」

「いずれにしろ研究所対策融資が決定したのですから、社長は直ちに栃木工場の拡張を実施に移されたらいかがですか。私は私で、思いきった行動に出てみようと思います」

「うむ、急いでくれ。愚図ぐずしていると合併計画が、どんどん具体化していく恐れがある。そうなると、抜きさしならなくなる」

「承知しました」

新堂社長と、そんなやりとりを交わしたあと、岩淵は使い馴れた銀座の高級料亭〈侍郎〉の離れ座敷を予約した。そして、その夜、専務の山内をそこへ誘ったのである。

岩淵は、敵に対して、思い切った策をしかける覚悟だった。そうしないことには、全てが手遅れになる恐れがあったのだ。酒井頭取が、合併を口に出した以上、敵は相当の準備を整え終えている、と見なければならない。その準備を打ち砕き、敵を混乱させるには、考えに考え抜いた先制攻撃しかなかった。

「おめでとうございます。山内専務――」

岩淵は、笑顔で言いながら、山内の盃に酒を注いだ。事前に言い含めてあったため、仲居たちは酒と料理を離れ座敷へ運んでくると、さっさと姿を消した。

岩淵の全身に、対決意識が漲っていた。

「どうしたんだね岩淵君、君からいきなり侍郎などへ招待されると面喰らうね。それに、おめでとう、とは一体どういう意味なんだ」

山内は、ちょっと怪訝な、それでいて機嫌のいい微笑を口許に浮かべて訊ねた。

「これは内密の情報ですが、山内専務の副社長昇進が決まったようですが」

「なんだって、私が……」

山内が、驚きの表情を見せた。

「間違いありませんよ。社長室長としての私の情報ですからね。それで、ひと足先にお祝いをと思いついて、ここを予約した訳です」

「ま、まさか、私が……本当なのかね、副社長って」

「自信を持って下さい。新堂社長は、場合によっては山内副社長にも代表権を与えるつもりのようですよ。つまり代表取締役副社長ということになりますね」

「それは凄い……凄いよ岩淵君」

気が高ぶった山内の表情が、一気に歓喜へと変わっていった。だが岩淵は、そんな山内の表情のずっと奥深くにある狼狽の気配を、鋭く見抜いていた。

（ふふっ……もっとうろたえろ、この裏切り者めが）

岩淵は、腹の底で嘲笑（あざわら）った。

「ささ、飲んで下さいよ専務」

「うむ、君の話が事実なら、今日の酒は実にうまい」

「ですが専務、私には心配なことが一つあります。今日は前祝いをかねて、その心配なことを専務に率直に話すつもりで、ここにお招きしたのです」

「なんだね、心配なことって」

「率直に申し上げましょう。専務、あなたは会社を裏切りましたね。稲尾経理部長をそそのかし、ある謀略のためにわが社の粉飾分析書を作成させた。この一件には大日本特殊機械と東京興銀が絡んでいる。そうでしょう。私は詳細の全てを既に調べあげています」

「き、君……それを一体誰から」

「稲尾経理部長が交通事故で亡くなる少し前に、全て私に打ち明けてくれましたよ。彼は内心ひどく悩んでいたようでしたね。それで、とうとう耐えきれなくなって私に打ち明けたのだと思います」

「君は、それを新堂社長に……」

「いいえ、社長は知りません。だからこそ**山内副社長が間もなく誕生**しようとしているのです。私は山内専務の経営者としての姿が前から好きでしたし憧れてもいましたから、稲尾部長から話を聞いても、自分一人の胸に押さえこんでいました」

「あ、ありがとう岩淵君、本当にありがとう。許してくれ……私は、どうかしていたんだ。私も苦しかった。私は、経理部を牛耳っている新堂社長に、つねづね反発を覚えていた。粉飾をし、私腹を肥やし、全てを社長強権で専決する……そんな社長に対する反発心から、大日本特殊機械の誘惑に乗ってしまったのだ……愚かだった」

「専務、今なら、まだ間に合います。粉飾分析書を取り戻すんですよ。それで全てが解決するはずです。専務には大日本特殊機械から副社長の声がかかっているそうですが、それこそ相手の謀略ですよ。せいぜい半期か一期、副社長をやってポイされるに決まっています」

「確かに……そう言われてみれば、確かにその恐れはある。私の力になってくれ、岩淵君。私が帝特鋼の代表取締役副社長になった暁には、必ず君に恩返しをする。私を助けてくれ」

「まあ、飲みましょう専務」

岩淵は、落ち着いた仕草で徳利を差し出した。それを受ける山内の盃が、ぶるぶると震えていた。

「ねえ専務。亡くなった稲尾部長を悪者にするのは気がひけますが、彼が作成した粉飾分析書を**根も葉もない間違いだらけ**、ということにするのですよ。つまり小心な彼が、山内専務や酒井頭取の期待を裏切ったことにするのです。そうすると、相手の持っている粉飾分析書には一文の値打ちもないことになる」

「相手は、そのように単純な策で分析書を返してくれるだろうか」

「そこは専務の演技次第ですよ。単純な策だからこそ、演技というやつが似合うのです。代表取締役副社長の座を賭けて全力投球するしかありません。正しい粉飾分析書を早急につくりあげる、だから手渡し済みのものを返してくれ、とね」

「解った、やってみよう」

「このことは二人だけの秘密です。私は山内専務の副社長昇進を、なんとしても実現させたいのです」

「ありがとう岩淵君。本当にすまない。この通り、心から感謝するよ」

深々と頭を下げた山内の頰を、ひと筋の涙が伝っていた。

岩淵は、すっかり髪の毛が薄くなった山内から、プイと視線をそらした。

己れの酷い手段に流石に、胸が痛んだのであろうか。

(だが容赦する訳にはいかない。これで粉飾分析書は、まず間違いなく戻ってくるだろう。そのあと、山内専務の処分をどうするかだ。社長に相談すべきか。それとも、私の一存で**駆逐の策**を練るべきか)

岩淵は、ハンカチで目元を一拭いした山内をチラッと見ながら、そんなことを考えた。

「では専務、その粉飾分析書が戻りましたら、日を決めて、わが社の富士山荘（ふじさんそう）で落ち合いましょう。むろん山荘へ行くことは誰にも内密にしておいて下さい。あの山荘は自炊で、管理人もいませんし、平日なら殆ど利用者はいません。保養施設はどうせ社長室で管理しているのですから、落ち合う日に誰か申し込み者があれば、私が抑えます。専務のこれまでの悩みも、そこでいろいろと詳しく聞かせて下さい。新堂社長の独裁（ワンマン）経営については、二人で力を合わせて少しずつ改善の方向へ向かうよう努力致しましょう」

「裏切り者の私に対して、取締役社長室長の君が、それほど温かな言葉をかけてくれるとは思わなかった。心を入れ替えて、今の仕事に忠誠を尽すよ」

「そうして下さい。お互いに、ここで約束し合いましょう」

岩淵は、盃を持ちあげると、山内の盃と触れ合わせた。カチッと鈍い音がして、二人の盃から酒がこぼれ落ちた。

どこかで、コオロギが鳴いた。

秋の気配が、急速に忍び寄っていた。

二人は、九時過ぎに〈侍郎〉の門を出ると、握手を交わして右と左に別れた。

岩淵は、少し行ったところで立ち止まり、ネオンの明かりの中を千鳥足で立ち去る山内専務の後ろ姿を見送った。そんな山内の背には、温順で小心なサラリーマン重役の悲哀が漂っていた。岩淵の目には、間違いなく、そう見えた。小心者だ、と……。

（この私だって、いつあのようになるかしれないなあ。一寸先は闇だ）

岩淵は、両手をズボンのポケットに入れて歩き出した。ひどく気分が重かった。酒のせいかもしれない、と思った。が、酒はそれほど呑んでいない。

彼は、ふと社長夫人・春子の豊かな胸を思い出した。

突然に思い出したその理由が、彼には判らなかった。べつに夫人が、自分の**好み**ではない。

彼は、手を上げてタクシーを拾った。

「新宿までやってください」

と運転手に告げた。脳裏では、もう新宿歌舞伎町の怪し気な暗いバーで呑んでいた。

9

帝特鋼の富士山荘は、精進湖畔（しょうじこはん）のカラマツ林の中に建っていた。一度迷い込んだら絶対に生きては出られないと言われている青木ヶ原樹海は、富士山荘のすぐ傍まで、うっそうと迫っている。

この富士山荘のロビーで、いま二人の男が向き合ってソファに坐っていた。取締役社長室長の岩淵と、専務取締役営業本部長の山内であった。

山荘に、人の気配は全くなかった。静かすぎる不気味さが、二人の男をジワリと包んでいた。

岩淵は、山内から手渡された粉飾分析書に目を通し終えると、大きな溜息をついて、

「専務、よく取り返して下さいました。これで全てが片づきます」

と言った。それは、岩淵の心底からの言葉だった。これさえ取り戻せば、酒井頭取が、たとえどのような動きを見せようと、それほど怖くはなかった。それどころか場合によっては、酒井が大日本特殊機械から受け取ったとされている一億円のカネを楯にして、逆襲を企てることも可能なのだ。ただ、酒井が粉飾分析書のコピーを念のため取っている可能性がある。だが今、それを心配したところで、どうなるものでもない。ともかく分析書の原本を取り戻したことで〝良し〟とする他ない。

「山内専務、もう一つだけ教えて下さい。酒井頭取は大日本特殊機械から一億円のカ

ネを私的な立場で受け取っています。これについて専務の知る限りのこと一切を打ち明けて下さいませんか」

「き、君は、私が胸の内に秘めていることまで知っていたのか」

「専務が考えておられる以上に、今回の件について私は詳しく掘り下げていますよ。稲尾部長は全部吐きましたからね」

「しかし彼が知っていたのは、ごく一部分にしか過ぎない」

「だからこそ、私も自分なりに調べあげているのです。私の独自調査の情報と稲尾部長の情報とを合わせれば、もう今回の一件で隠し通せることなどありません」

むろん自分の独自調査などは嘘であった。だが、山内は素直に頷いた。そのあたりに、人のよい山内の単純さがあった。

「確かに、君ほどの男なら、たいていのことは調べあげるだろうね。君は恐ろしいほど仕事のできる男だから……」

「一億円といえば相当の大金です」

「このカネの授受は、新橋の料亭満月で行なわれたんだ。実は、これには私も立ち会わされた。大日本特殊機械の強い要望でね」

「ほう、そうでしたか」

岩淵の目が、さり気なく光った。

「大日本側からは社長と経理担当常務が出席した。カネは半分は現金で、残りは小切手だった。その席で、酒井頭取は簡単な受取書を書き、口頭で帝特鋼の吸収合併に協力することをはっきりと約束したよ」

「山内専務も、その時に大日本から幾らか貰ったのでしょう」

「わ、私は一銭も貰っていない」

「いいえ、貰っているはずです。正直に言って下さい。私は本気で専務のことを心配しているのですから」

「むむ……現金で一千万円ばかり。本当だ、それだけしか貰っていない。信じてくれ」

「一千万ですか……意外に少ないですね」

「カネの授受は二十分ほどで終わり、酒井頭取は、そのまま帰った。一億円に関する話はそれだけだよ。あとのことは私も知らない」

「よく解りました」

岩淵は、なに食わぬ顔で背広の内ポケットに手を入れると、超小型テープレコーダーのスイッチを切った。

岩淵の動きは、まさに完璧だった。

その夜、二人は富士山荘の二階の寝室に泊まった。

山内は、全てを岩淵に吐露して気がやすまったのか、横になると、夕食時のアルコールも手伝ってすぐ軽い鼾をかき始めた。

岩淵は、山内が寝静まったのを見届けてから、階下のロビーに降りて新堂社長邸に電話をかけた。

二度目の呼び出し音のあと、電話の向こうで新堂の声がした。

「岩淵です。予定通り終わりました」

「そうか、ご苦労さん」

それだけの、短い会話だった。

翌朝五時に起きた岩淵は、一枚のメモを熟睡している山内の枕元に置き、目覚まし時計を六時に合わせて、富士山荘を出た。

メモには、次のように走り書きされていた。

〈久し振りに、早朝の富士風穴を覗いてきます。向うで待っていますから、目が醒め

たら、あとから追いかけてきて下さい。たまには仕事を忘れて若返りましょう〉

有名な富士風穴は、富士山荘から一本道を歩いて一時間ほどのところにあった。周囲は、昼なお暗い青木ヶ原の大原生林である。

風穴は東西に分かれて二つあり、真夏でも氷の張りつめる天然冷凍室だった。

早朝の青木ヶ原は、特に薄気味悪い。

青木ヶ原の樹海には、自殺者や迷い込んで出られなくなった登山者の未発見死体が、数百体はあると言われている。それらの怨霊が、七連発ライフルを手にして、ゆっくりと歩を運ぶ岩淵のまわりで、すすり泣いているかのようだった。樹海を渡る風が、ヒイーヒイーと唸って、いかにもそう思えるのである。

岩淵は、風穴の傍まで来ると、地面に腰をおろして山内を待った。

腕時計の針が午前七時を指す頃、かすかに地面を踏みしめる人の足音がした。

岩淵は、七連発にサイレンサーとライフル・スコープを装着すると、立ちあがって足音の主が近付いて来るのを待った。

暫くして、雑木の向うから、山内が姿を見せた。

「待ちましたよ、専務」

岩淵は白い歯を見せて笑った。

「やあ、すまん。あれ、そのライフルは何だね。猟でもするつもりなのか」

山内は、全く岩淵を疑っていないのか、上機嫌で近寄って来ようとした。

「おっと専務、そこで止まって下さい」

「ん？」

「このライフルは、専務のために持ってきたのです。会社は、もう専務に用はありません。あなたには最早、経営者としての資格はありません」

「な、なんだって、それじゃあ……」

「ええ。ここでこの世から消えて頂きたいのです」

「よ、よせ。何を言うんだ」

漸く事態を飲み込めた山内の顔に、恐怖が広がった。

岩淵は、ＳＫ３を構えた。

「た、頼む。岩淵君。射つな……」

山内は、あとずさった。

岩淵は、動かなかった。ライフルを構えた瞬間から、彼は、もう取締役社長室長・岩淵竜彦ではなかった。そこには、いっさいの感情を凍結させたプロの射撃手の非情な意志があるだけだった。いや、自分にそう、思わせていた。強いて、そう思わせていた。でないと……さすがに引き金が引けない。

恐怖にかられた山内は、いきなり青木ヶ原の樹海に飛び込むや、雑木の枝枝を必死で払い、蔓に足をとられながら、奥へ奥へと逃げ始めた。

岩淵の銃口が、山内の動きに合わせて、少しずつ動いた。

やがて山内の姿が、遥か樹木の繁みの向こうに消えかかった時、岩淵はたて続けに引き金を絞った。

パシッ、パシッ、パシッ……腹の底に響くような鈍い射撃音が、三度銃身を震わせた。

岩淵は、一発目で山内の頭部を狙い、残り二発を彼の背中に叩き込んだ。

三発全弾に、確かな手ごたえがあった。

背中に射ち込んだ二発は、あくまで念のためである。

岩淵は、猪猟をする時も、必ず一発で頭部を射抜くようにしてきた。しかし、雑木や雑草が揺れて標的の見通しが悪い時は、決まって背部や腹部に何発かを射ち込む習慣になっていた。七発全弾を使わないのは、プロの心得であった。いつどこから、手負いの巨大な猪に奇襲されないとも限らないからだ。成長した猪というのは、とくに雄の猪は巨大である。大人の男など突きの一撃で跳ね飛ばしてしまう。

「もう、二度と見つかるまい」

岩淵は、暗い顔をして呟くと、ライフル・ケースにＳＫ３をしまった。

富士山荘に戻ってみると、寝室の山内の寝床はそのままであった。彼は軽く舌打ちをすると、押し入れに布団を片づけた。布団には、まだ山内の体温が残っていた。

ふと見ると、畳の上に岩淵の書いたメモが落ちていた。

彼は、それを拾いあげると、ロビーに降りてからライターで火をつけ、灰皿に捨てた。

（終わった……）

岩淵は、鉛色の疲労を覚えた。

彼は山荘の外に出て、入口のシャッターをおろし、クラウンに乗り込んだ。

車の免許を持たない山内は、幸いなことに山荘までバスで登ってきたが、もし彼が乗用車で来ていたら、岩淵は、たちまち、その車の処分に困るところであった。

麓に下りてから、そのことを全く事前の計算に入れていなかった自分に気付いて、岩淵は流石にヒヤリとして青ざめた。

（だが、これで私の昇進は確実なものになる。私は間もなく、帝特鋼という大企業の常務取締役だ）

岩淵は、クラウンのハンドルを操りながら、強いて勝利者の気分を味わおうとした。しかし、それは依然として、鉛色の暗く湿った感じでしかなかった。

重大な任務の全てが完璧に終わったというのに、彼の心を捉えているのは、奇妙に寒寒とした不安感だった。

彼は、ふと恐怖に歪んだ山内の顔を思い出した。

ゾッとするような冷たいものが、岩淵の背筋に走った。

彼は、思わずバック・ミラーに視線をやった。

10

英国の豪華客船、ヴィーナス・パンデミア二世号は、六万八千トンの巨体をハワイに向け、波静かな太平洋を航行していた。

岩淵竜彦は、人影のすっかりなくなったサンデッキに立って、水平線の彼方に沈みゆくオレンジ色の太陽を眺めていた。間もなく日没となるため、空は真っ赤だった。

「荘厳だ。素晴らしい……」

岩淵は、感嘆の声をあげた。夕焼け空の美しさは格別だった。しかし十月の潮風の冷たさは案外、体の芯にこたえた。

それは、最近の彼を取りまいた忌わしいできごとの残影を洗い流してくれるかのような清冽さであった。

船は、ハワイから南米のホーン岬を経て、ケープタウンに入り、そこからロンドンに向かう予定になっている。

この豪華な船旅は、社長特命業務を完遂した岩淵に対する、新堂社長からの褒賞であった。

「君は私と会社を救った。常務への特進は次の取締役会に付議して実現させよう。その前に、ゆっくりと休養をとりたまえ。近いうちにヴィーナス・パンデミア二世号が横浜港に入るのだ。その豪華な船旅を私がプレゼントしよう。ケープタウンで下船して、得意のライフルで猛獣狩りでもしてきたらどうかね」

新堂社長は、そう言って岩淵に旅費として五百万円を与えた。

岩淵は、果てしなく広がる海を眺めていると、五人の男を闇に葬った自分という人間の存在が、現世と隔絶した全く別の世界に棲む覇王のように思えてならなかった。

（いやいや、まだまだ油断はならんぞ。私はまだ成長途上にある小者だ。油断禁物だ。新堂社長は、恐ろしいほど正確に私の心理を摑み、見事に私を使いこなした。あの人こそ本物のワルだ。そして素晴らしい経営者だ。私はぴったりとあの社長に食いついて、どこまでも出世の階段をのぼってみせる。そのためには手段を問わない）

岩淵は、ピースの煙を肺一杯に吸いこんで、大きく背伸びをした。解放感が、体の隅々にまであふれていた。

どこからか、女の悶(もだ)える声が聞こえてきた。

ふと見ると、サンデッキの隅に腰をおろした若い金髪の男女が、夕焼け色を浴び上半身裸で抱き合っていた。それは、少し離れたところに立っている日本人の岩淵など、全く眼中にないかのような荒々しい抱擁であった。

「ふん、勝手にやっとれ……」

呟いて岩淵は苦笑を漏らし、〈コロンビア・レストラン〉と呼ばれる食堂へ下りて、何杯かのビールを飲み、酔いが少しまわってきたところで、社交室〈パンデミア・ルーム〉のソファに体を沈めた。

いい気分であった。岩淵竜彦という日本人を知る者は誰もいない、という安心感があった。

ヴィーナス・パンデミア二世号は、英国上流階級の人々の社交場として一九六九年に建造された海のホテルである。その諸設備は、ことごとく豪華絢爛(けんらん)を極め、従って船内マナーも、なかなか厳格であった。だが男女のロマンスに関しては自由奔放の雰囲気が船全体に張っており、岩淵がサンデッキの片隅で見かけた男女の交歓図は、特に珍しいことではなかった。

(私にも、ロマンスの一つくらい芽生えないかな)

岩淵は、一人ニヤリとして、社交室を見まわした。

衝撃が彼を襲ったのは、その直後である。

いや、それは衝撃という二文字で表現してもなお余りある、驚愕的なできごとであった。

彼は、愕然とした表情で立ちあがった。滅多に冷静さを失わぬ彼がである。

彼は、目を見開いたまま、その場に立ち竦んだ。

岩淵から少し離れたソファに、一人の婦人が、彼に横顔を見せて坐っていた。

新堂社長夫人、春子であった。

彼女は、パンデミア・ルームの窓から見える茜色の海を、身じろぎもせずに眺めていた。

(まさか……これは一体どういうことだ)

岩淵は、己れの目を疑った。

だが間違いなく、新堂社長夫人であった。

彼は、不思議なものでも見るように、ゆっくりと夫人に近付いていった。

「驚きましたよ奥様……」

岩淵は、そう言いながら、春子夫人の横に少し間を置き、そっと腰をおろした。

「まあ、岩淵さん……これは一体」

夫人は、茫然とした表情で、腰を浮かした。本心から驚いている表情だった。不自然さはなかった。

「お互いに驚いたようですね」

「だって、あなたが、まさかこの船に……」

「私の旅は社長からのプレゼントですよ。重要任務を無事に果たし終えたことに対する褒賞です。多額のお小遣いも頂戴致しました」

「そうでしたの」

「奥様は？」

「わたくしは、相当以前から計画していたことなんですよ。この船が横浜へ入港するのは、かなり前から知っていましたから、主人に無理を言って一人旅をさせて頂いておりますの。ただし、ハワイまで。そこで女子大時代の友人と久し振りに会い、四、五日ゆっくり滞在して、飛行機で日本へ戻るつもりをしています」

「じゃあ、ハワイまでは御一緒できますね。しかし……」

「妙ですわね。あなたが乗船なさることを、主人は一言も私に言いませんでしたわ」

「奥様が乗船なさることも、私は社長から聞かされてはおりません」

「まあ……、なんだか薄気味が悪いですわ。一体主人は、何を考えて……」

「私にも判りません。が、社長は豪胆なご性格の人ですから、余り考え過ぎない方がよいかも知れません」

「それにしても……なんだか変……」

「ですから余り考え過ぎないように致しませんか。それよりも夕食を楽しくやりましょう。話し相手になって下さい」

「そうね。海の上に出てから悩んでも仕方ないわね。夕食楽しくやりましょう」

「せっかくの豪華な船旅ですから、悪い方へ想像を膨らませて不快感に浸るのは止した方が宜しいでしょう」

「ええ、その通りね」

「自慢して言う訳ではありませんが、私は会社の危機を救いました。その私に対して、社長は純粋な気持ちで、この船旅をプレゼントしてくれたのだと信じます」

「そう言えば、このところ主人の表情が明るくなったような気がします。経営上の問題は全て片づきましたの？」

「今だから、お話しできますが、帝特鋼は、業界第二位の大日本特殊機械に吸収合併されかけていたのです」

「まあ、吸収合併ですって」

「そうです。しかも、何とその裏で、わが社のメイン・バンクの頭取が相手側に買収されて動いていました」

「主人から、山内専務が急に行方を絶ったことを聞いています。山内さんも何らかの形で絡んでいるのではありませんの？」

「メイン・バンクの頭取と山内専務が、我々の知らぬところで、つながっていた可能性はありますが、今のところ確証は取れていません……でも山内専務が会社を裏切ったことは間違いありません。これは確かです」

「そのメイン・バンクの頭取ですけれど、再び買収される心配はないのですか」

「頭取の動きについては、私が目を光らせていました。彼の性格は、何が何でも悪いことを強行できるほど悪辣ではありません。私は、そう見ています」

「それで？」

「ご心配いりません。相手側の吸収合併工作は完全に不発に終わりました。頭取も、この件からは手を引きましたよ。怖くなってきたのでしょう」

「よかった……」

　夫人は、胸の前で両手を合わせると、大きな溜息をついた。

「この場所では迂闊な話は出来ません。海の上に出ているとは言っても、壁に耳あり障子に目あり、です。会社の話をするのは止しましょう」

「ええ、止しましょう。では夕食時間どきにまた、此処で落ち合うことに致しましょう。宜しくって？」

「畏まりました」

「では、あとでね……」

　春子夫人は、岩淵から離れていった。

「ひっかかる……」

　呟いて、岩淵は首をひねった。謀略と謀略がぶつかり合う中を潜り抜けてきた彼である。

　春子夫人の出現が、そう簡単に納得できる訳がなかった。

　岩淵は客の姿が増えだしたなか、春子の後を尾行した。

11

夕食後、岩淵と春子は、人影の少ないサンデッキの手すりにもたれて、熟っと暗い海を眺めた。お互いの体に、最高級の赤ワインの心地良い酔いが残っていた。岩淵の表情は安らいでいた。赤ワインのせいではない。尾行した夫人に、これと言って不審な点は認められなかったからだ。

「のどかだが、暗い海ですね。落ちたら、恐らく永遠に見つからないだろうな」

岩淵は、ポツリと言った。

青木ヶ原の樹海に逃げ込んだ、山内の恐怖の表情が、彼の脳裏に甦った。

岩淵は、思わず頭を振った。

「どうかなさって？」

「いや、少し頭痛がするもので……食事をしながら奥様と交わした話が、余りに楽しかったからかも知れません」

「あら、お口の上手なこと」

夫人は、明るく笑った。

「それはそうと、山内専務の失踪を主人は大変気にかけていましたわ。一体どこへ行ってしまわれたのでしょう。あなたに心当たりはありませんの？」

「さあ、見当もつきません。家族にも直属の部課長たちにも行く先を言わずに姿を消したと言いますからねえ」

「任されている仕事がどうにもならぬ程に行き詰まっていたのではありませんの？　それとも会社を裏切ってしまったと言う罪の意識に負けての逃避？」

「多少ノイローゼ気味であったかもしれませんね。温厚小心な人でしたから、仕事の激しさや罪の意識に耐えられなかったのでしょう」

「なんだか可哀そうですね。経営のことは私にはよく判らないけれど……」

「警察には一応、捜索願を出してあります。家族の話では、専務は若い頃から東北地方の自然を非常に愛していたということですので、東北重点の捜索をお願いしてあります。もっとも捜索といったところで、専務の顔写真を各派出所へ配布する程度のことしかやってくれませんが……」

「見つからないかもしれませんわね」

「ええ、あるいはね」

船が少しローリングして、岩淵と夫人の体がぶつかった。

「波が高くなってきたようですね」

「でも、最高の船旅ですこと」

「これからバーに移って、もう暫くワインを楽しんでみませんか」

「ええ、嬉しいお誘いだわ」

二人は、顔を見合わせて微笑み合った。

岩淵が肘をくの字にして「どうぞ……」と促すと、夫人は「ありがとう……」と軽く腕をからめた。目を細め、楽しそうな表情だった。

何歩と行かぬ内に岩淵は歩みを休めた。ゆっくりと。

「奥様、その辺りの物陰でそっと唇を触れ合わせませんか」

「あら、フランス映画のようね。でも、本気？」

「本気のような、ウソのような」

「では止しましょう」

「残念……」

「だって人目がありますもの」

「この暗さです。目立ちません」

「魚が見ていますわよ」

「なるほど、では矢張りよしましょう」

岩淵は、笑いながら、手すりから身を乗り出すようにして暗い海面を眺めた。

「危ないですわ。気をつけて……」

「大丈夫……すみません。ちょっと煙草を」

肘にからむ夫人の腕を解いた岩淵はピースをくわえ、ライターで火をつけた。

その時彼は、暗い視野の端で、一つの人影がチラリと動いたことに気付いた。

「なるほど、奥様の言うように確かに人目があった」

岩淵は、そう言いつつ、その人影のほうへ目を凝らした。

だが、周囲(あたり)は余りにも暗過ぎた。岩淵と夫人が立っているサンデッキは中段サンデッキといって、ちょうど〈ダイヤモンド・ルーム〉と呼ばれる豪勢な特別社交室の真上にあった。人影は、その中段サンデッキのさらに上、つまり最上段のサンデッキの手すりにもたれ、夜の闇に融(と)けるようにして立っていた。

「船内へ戻りましょうか」

岩淵は険しい目つきで人影をチラリと見あげ、夫人の手をとろうとした。

「潮風がワインで火照(ほて)った体に気持ちいいですから、もう少しここにいませんこと?」

夫人が、そう言った時、微かにカチッという音が岩淵の耳に入った。

岩淵は、本能的に体を硬くした。

(今のは撃鉄を起こす音……)

彼は、最上段のサンデッキに立っている黒い人影を見あげた。

その人影の右手に、いつの間にか細長いものが握られていた。

銃だ。

岩淵は反射的な動きで夫人の盾となった。

「どうなさったの」

「あのサンデッキの人影は、銃を持っています」

「えっ」

「あなたは一気に駈(か)けて部屋に戻りなさい」

「いいえ、一緒にいます。二人が銃で狙われる道理はありません」

「いや、ご覧なさい。もうこちらに狙いを定めている」

岩淵が、語気を強めて言うと、夫人は彼から二歩ばかり離れた。

「どうかね、船旅の味は」

不意に人影が口を開いた。

岩淵は、アッと叫んだ。

「社長——」

「そうだ、私だ」

人影はまぎれもなく、新堂礼一郎であった。

「ど、どういうことですか。これは……」

「さあ、どういうことだろう。ひとつ自分でシナリオをつくってみたまえ」

「解りません。理由(わけ)を話して下さい」

「君は色色と知り過ぎた。余りにも多くを知り過ぎた。私はそれを恐れる立場にいるのだ。有能な君なら判るだろう」

「……」

「君は軽井沢で私の妻と関係を持った。私のつくったシナリオは、そうなっている。私が誰よりも愛する妻に君は手を出した。だから許せない。それがシナリオの結びだ」

「では社長は……私の存在が邪魔(じゃま)に……」

「企業のトップとして当然の考えだよ。私が寝苦しさで目醒めた時、いつも幻影が枕元に立っていた。ライフルを手にした君だ。君は私に対して銃口を向けた。会社を乗っ取るためにな」

「ま、待って下さい、落ち着いて下さい社長」

「何を待てと言うのかね。何を落ち着けと言うのかね。君は、若々しい己れの肉体で、妻を愛欲のとりこにしたのだ。このシナリオは会社を守るためには絶対に変えられんよ」

「本気で射つ気ですか」

「射つ……サイレンサーを利用するという君のアイデアを、この際使わせてもらうことにした。それにしても、この船に銃を持ち込むことには、非常に苦労したよ」

「社長は、私が何もかもを知り過ぎていることが、それほど怖いのですか。私を信頼していなかったのですか」

「ふん、信頼？……企業のトップに信頼などは無用だ。必要なのは**計算**だよ。何もかも**計算**で始まり**計算**で終わるのだ。私には、自分と会社を守る義務がある。その義務を果たすためには信頼よりも**計算**が大事だ。その**計算**から生まれてくる手段こそが更に大事なのだよ。私は手段を選ばない。私は企業経営に命を賭けている」

「卑劣なっ」

「帝特鋼の売り上げは、今期、爆発的に伸びるだろう。その企業力で場合によっては大日本特殊機械の吸収工作に全力投球するつもりだ。私は、これまで通りの計算で、自信を持って経営を遂行する」

「………」

「悪く思ってくれるな」

バシッと鈍い音がした。

岩淵は、無言のまま両手で腹を押さえると、サンデッキの手すりに凭（もた）れかかった。

その彼の体に、新堂夫人がしがみついた。

「凜（りん）とした若手経営者のあなたは素適（すてき）でした。どれほどの年月が経っても、主人も私も有能だった若手経営者のあなたの事を忘れません。……さようなら、岩淵さん」

夫人は岩淵の耳元に囁きかけると、彼の両足を持ちあげた。

小さな悲鳴を残して、岩淵の傷ついた体は、暗黒の海に吸いこまれていった。

夫人の目に、涙があふれ、それが見るまに頰を濡らした。

彼女は、嗚咽をこらえながら、甲板に残された岩淵の血痕をハンカチで拭（ぬぐ）った。

新堂社長が、ゆっくりと階段を下りてきた。

「あなた……」

夫人は、その胸に駈け込んで、泣きじゃくった。

「辛かったろう。許してくれ……だが、これで会社を守れる。ありがとう」

「……」

「全てを守るためには、これが最善の方法なんだ。これで全てが片づいたのだ。私たち夫婦には莫大な財産と明るい未来がある。何もかも忘れるんだ」

新堂社長は手にしていたライフルを、暗い海へ投げ捨てた。

「春子、お前は私の妻だ。実力社長の妻なのだ。立派な社長夫人だよ。お前は何もかも、私の言う通りに忠実に動いてくれた」

「あなたを心から愛しているからですわ……」

「うむ、私もお前が何よりも大切だよ。傷ついた岩淵を海へ投げ落としたことは、悪い夢を見たと思って忘れなさい」

「はい……」

「何も心配はない。私がこれからのお前を確りと守る。約束するよ」

風が強くなって、六万七千トンの巨体が大きくローリングした。

夫人は岩淵が落下した暗い海面を見つめた。海鳴りが、遥か向こうの海から、こちらに向かって次第に近付いてきた。

その音が、岩淵の絶叫のようであった。

夫人は、ぶるっと体を震わせると、夫の顔を見あげた。

「安心しなさい。何も心配しなくていいんだから」

新堂が静かに言った。

夫人は、甘えるような表情をして頷くと、夫の胸に両手を当てるかたちで顔をうずめた。

彼女のその顔には、かすかな笑みがあった。冷たい笑みが……。

凶薬（きょうやく）経営の勲章

1

永山秀樹は、細長く伸びた三階建ての実験動物舎を暗い目で見上げた。動物舎の窓ガラスに、朝日が当たっていた。

永山は、白衣のポケットから、動物舎の鍵を取り出した。鉄の扉が、軋んだ音をたてて開いた。

ムッとする動物の臭気が、永山の鼻腔を刺激する。

「おはようございます」

永山の背後で、声がした。

彼が振り返ると、動物商の片霧文吾が、笑顔で立っていた。

片霧は、よれよれの作業服を着て、竹箒を手にしていた。人の良さそうな顔一面に、不精髭を生やしている。背が高い。

「たまには不精髭を剃ってほしいね」

永山は、顔をしかめて、動物舎へ入った。鉄の扉が、重々しく閉まった。

片霧が、動物舎のまわりを、竹箒で掃き始めた。

動物舎の一階には、人類のための新薬開発には欠かせない猿や犬などの大型実験動物が飼育されていた。二階三階には、ウサギ、モルモット、マウスなどの小型実験動物が飼われている。

永山は、ゆっくりと廊下を歩いた。表情が暗く湿っていた。何かに悩んでいる顔であった。

廊下の左右に、犬や猿の檻が並んでいた。元気なのもおれば、弱弱しい呼吸のもいた。いずれの動物も、人類にとって貴重な存在だった。

どの動物にも、開発実験中の新薬が投与されている。

動物の檻には、新薬の種類と投与方法の明記されたステッカーが貼られてあった。

永山は、廊下の一番奥で立ち止まった。

彼の前に、黒い布で覆われた檻があった。永山は、そっと黒い布を取り除いた。

檻には『薬名・ノントレポ』と書かれた赤いステッカーが貼られてあった。

永山は、檻の中に目を凝らした。一匹の猿が永山に背を向けて、うずくまっていた。何かを胸に抱いているようであった。

(生まれたのか……)

永山の顔が、緊張した。生唾を飲み下している。

「チル……」

永山が、猿に向かって声をかけた。チルとは、永山が付けた猿の名前であった。

たとえ実験用動物であっても、永山はその命を尊重し、必ず名前を付けて可愛(かわい)がった。人類に役立つためとは言え、実験用として生涯を終える動物への、それがせめてもの供養(くよう)のつもりであった。そう、永山の心は毎日、供養を欠かすことがなかった。

猿は、永山の呼びかけを無視した。

永山は両手を軽く叩(たた)いて、もう一度、

「チル……」

と呼んだ。

猿が漸(ようや)く永山のほうへ体の向きを変えた。胸に抱いていたのは、生まれたばかりの驚くほど小さな子猿であった。

その子猿を見て、永山の顔が思わず歪(ゆが)んだ。子猿は双頭であった。

すでに死んでいるのか、ぐったりとしていた。それでも母猿は、子猿に乳を含ませようとしていた。

「やはり駄目(だめ)だったか……すまんな、チル」

永山は下唇(したくちびる)を嚙(か)みしめて、肩を落とした。彼は、ノントレポと書かれた、赤いス

テッカーを指先で弾いた。悲しそうだった。

ノントレポは永山が開発した新抗生物質で、肺炎球菌、緑膿菌、連鎖球菌及び梅毒トレポネーマ、その他二十余の病原菌に対して、耐性が全く認められない衝撃的な薬理作用を示した。

だが、猿を使ったこれまでの投与試験では、見逃すことの出来ぬ副作用を出していた。

これまでに、妊娠中の八匹の猿に投与し、八匹とも、双頭の子猿を死産したのである。

そして今、九匹目の奇形猿が、永山の目の前にいた。

チルが子猿に頬ずりをして、悲し気な鳴き声をあげた。わが子の普通でない状態に気付いている鳴き声であった。

永山は、「許してくれ、チル……」と告げながら檻の扉を開けた。

チルが怯えたように子猿を投げ出して、檻の隅へ逃げた。永山は呼吸をしていない子猿をそっと優しく摑んで、檻の扉を閉めた。チルが、またけたたましく鳴いた。

永山はチルに背を向けて、出口へ向かった。

（新薬としては、致命的な副作用だ……ああ、俺は無能な研究者だ。動物たちに申し

訳ない）

　彼は目を潤ませながら、鉄の扉を開けた。

　片霧が、掃き集めたゴミに火を点けて燃やしていた。永山は片霧の傍へ行くと、双頭の子猿を黙って差し出した。

「また駄目だった。いつも辛い思いをさせて、すまないな」

「元気を出して下さい。丁重に処分しておきますから。でも、これで九匹目ですね」

　片霧が、双頭児の頭を撫でて言った。子猿の体は、まだ羊水の湿りを残していた。

「一体何の薬を実験しているのですか」

　片霧が、遠慮がちに訊ねた。

「新薬開発は製薬会社にとって、最高機密だよ。担当研究者と上席者だけが知る範囲であり知る立場なんだ」

　永山は、暗い表情で言い、片霧から離れた。出入りの動物商を、べつに軽視している積もりはなかった。彼らも大事な協力者、と充分以上に心得ている。

　片霧は、遠ざかっていく、永山の背を熟っと見送った。

　実験動物舎は雑木林に囲まれており、その雑木林の向こうに、白亜七層の堂々たるビルが建っていた。中央研究所である。

動物舎と中央研究所を結んでいるのは、雑木林を貫(つらぬ)く一本の道だった。道は、アスファルトで舗装(ほそう)されていた。

永山が、雑木林に入るあたりで振り返った。

「日本猿五匹とモルモット二十匹を一週間以内に納入して下さい。宜しく御願いします」

「はい、了解いたしました。ありがとうございます」

片霧は、不精髭の顔に笑みを広げ、丁寧に頭を下げた。その素振(そぶ)りに、謙虚な性格が滲(にじ)み出(で)ていた。彼は永山の苦悩と焦りを、よく理解していた。

永山が、足早に雑木林の中へ消えていく。

片霧は、動物舎の裏手へまわった。

そこに、実験用動物の死体を焼く、大きな焼却炉がある。

片霧は、焼却炉側面の『蓋扉(ふたとびら)』と呼ばれているものを開けた。大型犬一匹と数匹のモルモットの遺骸が、横たわっていた。白い菊の花びらが、それらの遺骸に振りかかっていた。供養のための、花びらだ。

片霧は、犬の死体の上に双頭の子猿を静かにそっとのせると合掌をし、蓋扉を閉めた。決して短い合掌ではなかった。

焼却炉から四、五メートル離れたところにコンクリート製の電柱が立っていた。

片霧は、電柱に歩み寄った。電柱に小さな樹脂製の箱が取り付けられている。

片霧は、作業ズボンのポケットから鍵を取り出して、樹脂製の箱の蓋を開けた。箱の中に赤い釦(ボタン)があった。片霧の指が、赤い釦を押した。ゴオンと鈍(にぶ)い音がして、焼却炉が作動し始めた。

片霧は、芝生(しばふ)の上に腰をおろした。そして再び真剣な様子で合掌した。不精髭の顔はよく見ると、まだ若かった。恐らく三十五、六であろう。

合掌を終えた片霧は、焼却炉の煙突を見上げながら、漸く許された者の表情で煙草をくゆらせた。煙突から、薄青い煙がたちのぼっていた。焼却炉には最新式の脱臭装置が取り付けられているため、動物の遺骸(いがい)を焼く臭気はなかった。

片霧は、煙突を見上げたまま、指先で持つ煙草の存在を忘れたかのように、身じろぎ一つしなかった。

彼は、首都圏の製薬会社に、実験用の動物を納入して生計をたてていた。

週に二、三度は、必ず自分で各製薬会社へ顔出しして、動物舎の周辺の掃除や、動物の遺骸を焼却処分した。

実験動物の遺骸を焼く作業は、この製薬会社の研究員たちの役目ではなかった。実験動物に、情が移ってしまっているから片霧が粛粛と引き受けた。研究者たちが避けるその作業を、片霧はいつも穏やかな笑顔で請け負った。ただ、この請け負いは、有償作業だった。有償と決めたのは研究所側である。動物への供養を込めて、とかなり高額だ。

二十分ほど経って片霧が腰を上げたとき、カチッと音がして、作動していた焼却炉が自動的に停止した。

片霧は、冷却装置で冷やされてから焼却炉の蓋扉を開けた。それでもかなりの熱気が、片霧の顔を打った。

片霧は「成仏するんだよ。ありがとう」と告げつつ、鉄の熊手で、焼却炉の中の骨を優しく丁重に手前へ掻き寄せた。骨が、バラバラと片霧の足元にある白い箱の中に落ちて、木目細かな白雪と化した。片霧はこの白雪を『魂雪』と呼んで心から敬った。

2

永山は中央研究所を出ると、道路を渡った。煉瓦色をした十階建てのビルが、道路を隔てて中央研究所の前に建っていた。

　彼は煉瓦色のビルの前で、立ち止まった。

　ビルの正面玄関の壁面に『帝北化薬・本社』の銘板が埋め込まれていた。文字は金文字であった。それが西日を受けて、眩しい光を放っていた。

　永山は、中央研究所のほうを振り返った。研究所の屋上に『帝北化薬・中央研究所』のネオン灯が立っていた。午後五時になると、このネオン灯は点滅を始める。

　永山は本社ビルの玄関をくぐると、エレベーターで六階へ上がった。六階には、役員室、役員会議室、役員応接室があった。

　彼は、役員会議室の前で立ち止まった。ズキズキする痛みが、上腹部にあった。

　役員会議室のドアには、『常務会』と書かれたプラスチック製の小さな札が掛かっていた。彼はこの常務会へ、突如として呼びつけられたのである。

　実は永山は、帝北化薬中央研究所・第一開発部長の要職にあった。第一開発部は、抗生物質と制癌剤の開発を手がけている。

　彼は、役員会議室のドアをノックした。室内から、嗄れた声が返ってきた。

　永山は、ドアを開けて、役員会議室へ入った。膝頭が小刻みに震えているのが解った。こういう場所へ顔出しするのは、苦手な彼だった。

常務会を構成する、常務以上の役員十三名は、円テーブルに着いていた。

極度に緊迫した空気が、永山の頰に触れた。

常務取締役中央研究所長の浅田茂夫が、うなだれて立っている。その浅田を、窓を背にして坐っているワンマン社長の重松平造が、顔面を紅潮させて睨みつけていた。

重松の銀髪が、窓から射し込む西日を浴びて、キラキラと輝いている。

「もうよい、坐りたまえ」

重松が、苛立ったように銀髪をかきあげながら言った。浅田常務が、永山のほうへ弱々しく視線を流してから、腰をおろした。

重松の鼻が、フンと鳴った。不機嫌なときの、ワンマン重松の癖であった。

中央研究所長の浅田常務は、第二開発部長を兼務し、各種ワクチンの開発を手がけている。

重松社長と永山の視線が出合った。永山はドアから数歩前に進んで、直立不動の姿勢をとった。重松社長が、何を言おうとしているか、永山には解っていた。それだけに、重松に対する恐怖が先行した。

重松が、歪めた口を開いた。

「ノントレポの投与実験について、いま浅田常務から大体の経過報告を受けた。八匹もの子猿を死産したというではないか」

「実は……今朝がた九匹目を死産しまして」

「なにっ、九匹目だと。君は動物の命の大切さを、一体どう考えとるんだ。いい加減にしたまえ」

　永山を見据える重松の目に凄味が加わった。

「君は、その九匹目の死産を即刻、浅田常務に報告したのか」

「いいえ、まだです」

「馬鹿者！」

　重松の怒声が、役員会議室に響きわたった。

　永山の心臓が凍った。浅田が蒼白な顔で、永山を見た。

「そんなことだから、ノントレポの副作用を解決できんのだ。上下間の意思疎通すら満足にできんとは何事かあっ」

「申し訳ありません」

「ノントレポは画期的な抗生物質だ。これが商品化できたら、帝北化薬の主力商品になることは間違いない。売上は一気に一千億円を加えることになるんだぞ。一千億だ。一千億……一刻も早くまともな実験結果を出し、臨床試験に入る手続きを踏めるようにするんだ。多少の無理は、押し通す姿勢を忘れないでほしいな」

「し、しかし、双頭猿のような奇形が産まれる以上、とても臨床試験には入れません」

「猿と人間は違うだろう。猿に奇形の子が産まれたからと言って、人間にも同じような副作用が生じるとは限らんよ。それこそが、薬物の不思議な作用と言うものではないのかね」

「確かにそれは言えます。ですが万が一と言うことも……」

「君は、私の考え方に反対するつもりか」

「いいえ、反対はしません。社長の仰ることは頭の中でよく理解できております。ですが、現状の動物実験データでは、どこの病院も臨床試験には応じてくれないと思います」

「君は全く他人事(ひとごと)のようなことを言うなあ。これは君が全責任を負っている仕事ではないか。私が、なんのために君に高給を支払っとるか、解っているのか」

「心から感謝はしています」

「感謝しているなら、頭を使え頭を。新薬の動物実験データなど、君の一存で微妙に調整できるはずだ。いいか永山君、企業競争と言うのは、血を流しての激しい競争なんだ。どこの企業も血を流しとる。そうでないと国際競争に勝てないのだ。君も研究者としての血を流して稼ぐことを本気で考えたまえ。本気で……」

「では、動物実験データを偽造してでも、医療機関へ臨床試験を頼め、とおっしゃるのですか」

「私はそのようなことは、言っておらん。君は、私に最後の最後まで喋らさんと気が済まんのか。私は、微妙に調整、と言っただけだろう。頭がついているなら、自分の頭でアレコレ判断しろ」

「は、はあ……」

「君の年齢は？」

「四十三歳です」

「職位は？」

「第一開発部長ですが」

「四十三歳の部長なら、重役の一歩手前であることを認識したらどうだ。もっと経営者的感覚で仕事をしたまえ」

「努力はしているつもりです」

「何が努力だ。もう一度言う。いかなる〝微妙な調整〟に訴えてでも、ノントレポの商品化を急ぐんだ。これは絶対命令だと思ってほしいね。この命令を遂行することが、君の栄達につながるんだよ」

重松は、激しい口調で言うと、肩をそびやかして立ちあがった。

「浅田君も、今の私の指示をしっかりと耳に入れたな」

重松が、ジロリと浅田を睨みつけた。浅田が、円テーブルに額が触れるほど、頭を下げた。

重松が永山の横をすり抜けて、役員会議室から出ていった。

会議室の空気が一気にゆるんだ。役員たちが、一人二人と立ちあがった。

浅田が、苦虫を嚙み潰したような顔で、永山の前に立った。

「困るじゃないか。動物実験の結果報告は迅速にしてもらわないと」

浅田は吐き捨てるように言って、役員会議室から出ていった。

永山は同じ場所に、じっと立っていた。気がつくと、一人になっていた。

彼は、浅田が坐っていた椅子に、腰をおろした。〝微妙な調整〟に訴えてでも商品化を急げ、と言った重松社長の言葉が、耳の奥に残っていた。

新薬開発を進める永山にとって、それは恐ろしい言葉であった。

(チルが双頭の死産をしたと言うのに、臨床試験に入れと言うのか……無茶だ。出来

ない)

永山は、全身が鳥肌立つのを覚えた。

帝北化薬は、年商九千七百億円を誇る、わが国第三位の製薬会社であった。二位の極星新薬との差は、わずか二百億円である。

一位の東都製薬は、年商一兆三千億円を誇り、二位の極星、三位の帝北を大きく引き離して独走していた。このため、極星と帝北の二位争いは、いっそう激烈を極めた。一位には遥かに手が届かないため、二位争いがかえって激化していた。

『極星を打倒せよ!』

それが帝北化薬の、スローガンであった。このスローガンを背負って、ノントレポの開発に全力投球してきた永山である。

ノントレポの強みは、肺炎球菌、緑膿菌、連鎖球菌、梅毒トレポネーマほか多数の病原菌に対しても、潰滅的な打撃を与えることであった。しかも耐性を生じさせない可能性がある。

梅毒トレポネーマとは、スピロヘータと呼ばれる微生物の一種で、屈撓性を有する螺旋状の細長い単細胞生物である。いわゆる梅毒スピロヘータと呼ばれるのが、これであった。最近この梅毒が、ネット社会に載った性風俗の乱れにより、激増し始めていた。夫の夜遊びなどによって、梅毒が一般家庭にまで急速に広がり出しているのだ。

梅毒トレポネーマは、外界に於ける抵抗性が弱く、容易に死滅する。食器や衣服を介しての感染は、全体の〇・〇一パーセント以下で、殆どが性交による感染であった。ネット社会に載った乱交風俗出現の怖さが、そこにある。

つまり近年の性の乱れは、梅毒を地下に潜らせるかたちで、若い女性や主婦層にまで拡大しつつある。しかも当人たちが気付かないうちにだから、津波のように感染が広がっている。

当人たちが症状に気付いたときは、かなり深刻な病状になっているのだが、この感染の拡大は、公の統計の上には、なかなか正確な数字となって出てこない。

だから恐ろしいのであった。これを『地下梅毒』と名付けて重視する研究者も出てきているほどだ。事態は、かなり深刻である。むろん胎児にまで影響する。

一方、輸血などによる梅毒感染はまれである。採血した血液中の梅毒トレポネーマは、摂氏五度で三日間保存することにより死滅してしまう。このため保存血液の輸血では、梅毒感染はまずない。輸血で梅毒感染するのは、**新鮮血の輸血**の場合にほぼ限られている。

梅毒トレポネーマに対しては、これまではペニシリンが最も優れた治療剤であった。ノントレポは、このペニシリンよりも、遥かに強力な無耐性の薬理作用を示していた。

永山はノントレポの開発に、サラリーマン研究者としての栄光を賭けていた。その賭けの前に、強烈な副作用が立ちはだかったのである。

彼は椅子から腰を上げて、窓際に立った。眼下に、中央研究所の正門が見えた。

浅田常務が、前かがみに門内へ入っていく。入れ替わるようにして、白いライトバンが左のウインカーを点滅させて出てきた。運転席に、片霧文吾がいた。

ライトバンが、急発進で左折した。白いボディに『片霧動物ＫＫ』と黒い字で書かれていた。急速に成長しつつある『片霧動物ＫＫ』であった。

3

片霧が製薬会社の巡回を終えて、東京・青梅市の自宅に戻ったのは、午後十時をすぎてからであった。

一日かけて訪ねることのできる会社は、せいぜい五社である。動物舎周辺の清掃、とられた。

動物の遺骸や糞の処分などを手早くてきぱきと終えても、一社について二、三時間は

午後十時を過ぎる帰宅は、珍しくない。

片霧は大型のライトバンを車庫に入れると、裏庭へまわった。裏庭は、すぐ小高い山に続いていた。

三百五十坪ほどの敷地は、山の裾野に位置するため、緩く傾斜している。

裏庭には太陽電池をエネルギー源とした室温調節のきく清潔な飼育棟があって、中には大小の檻が二段重ねになって長く並んでいた。

片霧は檻の中を、見てまわった。実験動物たちは、落ち着いていた。環境にも食事にも恵まれているからだ。

彼は自動給飼装置のスイッチを入れて動物たちに新鮮な餌と水を与えると、飼育棟を出て勝手口から家の中へ入った。4LDKの、使い勝手の良い平屋建てであった。

家の中には、人の気配がなかった。

彼は居間へ入って、電灯を点けた。床の間に、仏壇が置いてあった。

片霧は仏壇の前に坐り、位牌を眺めた。八年前に亡くなった、妻の位牌だった。位牌を見つめる片霧の目に、深い悲しみの色があった。

彼は蠟燭(ろうそく)に火を点け、線香を立てた。仏壇には、一本のアンプルがのっている。使用済みのアンプルだった。

「美沙(みさ)……」

彼は妻の名を、ぽつりと呟(つぶや)いた。結婚して、一年も経たぬうちに他界した美沙だった。そのときの衝撃が、まだ片霧の心の奥深くに残っている。

片霧は台所に立ってコーヒーを沸(わ)かした。台所で立ち働いていた美沙の後ろ姿が、片霧の瞼(まぶた)の裏に浮かんだ。

彼はリビングルームのソファに坐って、コーヒーを飲んだ。

今日新たに受けた注文は、日本猿が七匹、台湾猿(タイワンざる)が二匹、モルモット三十匹であった。

売り上げは極めて順調で、一カ月の実績が期首計画を軽く超える時もあれば、計画に届かないこともあった。

現在の年間売り上げは数千万円ほどで、動物の買い入れ費用や諸経費を差し引くと、楽楽ではないにしても、純利益は〝充分〟と感じる程に出ていた。

片霧は、獣医師の資格を持っている。子供のころから大の動物好きで、獣医師になることを夢見ていた。

動物が好きだから獣医師になりたかったのであって、獣医師を自分の生涯の職業にするという強い意識はなかった。

彼は獣医師の資格をとると同時に、二、三の親族の支援を得て『片霧動物ＫＫ』を設立した。獣医師の資格を得たからと言って、まだ医術的に未熟で経験の浅い立場では信頼が充分ではないため、食っていけないのである。たとえ獣医院を開いても、生計を維持するだけの〈患者〉を確保するのは、いくらペット・ブームの世の中とは言っても、決して容易ではない。

片霧は、現在の仕事に満足していた。飛び切り儲かる仕事ではなかったが、子供のころの夢を実現した喜びがあった。これで美沙さえ生きていたら、と片霧はいつも思った。

彼は、二杯目のコーヒーを口に運んだ。一日の仕事を終え、こうしてコーヒーをひとりで飲みながら、美沙のことを思い出すのが、片霧の唯一の楽しみだった。

彼の目は、サイドボードの上にのっている、小さな額に向けられていた。

額の中には、美沙の顔写真が入っている。美沙は、丸顔の愛くるしい顔立ちをして二重の目が魅力的だった。

「生き返ってくれよ、美沙」

片霧がコーヒーカップを右手に持ったまま、呻くように言った。

このときリビングルームに面した寝室のドアが、音もなく開いた。

寝室に背を向けている片霧は、ドアが開いたことに、気付かなかった。

暗い寝室から、異様なものがのっそりと出てきた。それが、滑るが如く片霧に迫って立ち上がる。

身の丈が二メートルはある類人猿だ！　胴の太さも、ひと抱え以上はある。しかし、ゴリラとはかなり違う。顔はオランウータン似だが毛並がまるで違う。

其奴が、片霧の背後で静かにキバをむいた。双眸が爛爛と光っている。

其奴のキバが、片霧の右肩を狙って襲い掛かった。

片霧が、

「あっ」

と低い悲鳴をあげて、ソファからころげ落ちた。

投げ出されたコーヒーカップが、壁に当たって砕けた。

倒れた片霧の上へ、巨大な類人猿が伸し掛かった。

片霧が両手で、類人猿の頬を思い切り叩いた。

類人猿が片霧をわし掴みにして投げ飛ばす。物凄い力であった。

片霧の体が、二、三メートルを飛んで、窓際のリクライニング・チェアに当たった。

「痛えっ」

と片霧が呻き、よろめいて立ちあがった。

類人猿が放たれた矢の如く、片霧の体にぶつかった。その巨体からは、とても想像もできないほどの速さであった。

片霧がもんどり打って倒れた。其奴の太く長い腕が、片霧の体を抱き込んだ。

片霧は、渾身の力で脱出を試みようとした。片霧の腹がギリギリと絞めつけられ、彼の顔がみるみる真っ赤になった。

類人猿のキバが、片霧の頭に噛みついた。片霧の額から上が、其奴の口の中に入った。

「まいった」

片霧が、其奴の肩を軽く叩いた。其奴が片霧の体から離れて、ゴロリと寝そべった。

「お前の力は、恐らく世界最強だよ」

片霧が笑いながら、巨大な類人猿の頭を撫でた。

類人猿の目つきが、優しくなった。チロチロと唇から覗く赤い舌が、片霧の手首をしきりに舐める。

「奇襲はよくないぞ、フラッシュ」

片霧は、床に散ったコーヒーカップの破片を拾って、屑籠に捨てた。類人猿の喉が鳴った。

片霧は其奴に、フラッシュと名付けていた。フラッシュとは〈閃光〉の意である。

その名の通り、其奴の攻撃動作は、閃光のように素早かった。

フラッシュは、子猿のときから、片霧に愛され大切に飼育されてきた。ある医科大学で、特殊な医療実験に使う、ということで買い入れたものであった。

だが実験は開発中の新薬を三度注射されたあと中止され、片霧はその子猿を自分で育てることにしたのだ。大事に世話して育てたフラッシュは、今では片霧の唯一の話し相手であり家族であり相棒だった。檻の中の猿などが裏山へ逃げ出しても、フラッシュはたちまち捕まえて、殺さずに檻に連れ戻した。

「一緒にシャワーでも浴びようか」

片霧が、浴室のほうへ歩いていくと、フラッシュは彼の言葉が理解できたかのように、片霧のあとに大人しく従った。

4

ホテルのロビーは、外国人の団体客で混雑していた。その混雑を縫うようにして、浅田と永山はエレベーターに向かった。

永山は、右手に黒いアタッシェケースを持っていた。二人の表情は、硬かった。

エレベーターが、定員一杯に乗せて、上昇し始めた。浅田と永山以外は、すべて外国人であった。

金髪女の豊かな胸が、永山の背に触れていた。

エレベーターは、十五階と最上階の三十階で止まった。外国人たちは十五階で降り、浅田と永山は三十階で降りた。

三十階には、大小の会議室があった。

二人はNo.3のホールの前で立ち止まった。ホールの入口脇に『日本新薬開発学会会場』の案内札が掛かっていた。

二人は、腕時計に視線を走らせて頷き合うと、エレベーター横の小ロビーへ行った。

二人は、ソファに腰をおろして、No.3のホール入口へ視線を向けた。

「間もなく終わるはずです」

永山が言った。浅田は、それには答えないで腕組みをした。

永山は、脚を組んだ。

会議室専用のフロアになっている三十階は、静かであった。

小ロビーにいるのは、浅田と永山の二人だけである。

「重松社長は、極星新薬を二位の座から引きずり下ろすのに懸命だ。我々としてはノントレポの商品化を急ぐしかあるまい」

浅田が、沈黙を破って言った。

「ノントレポを商品化できれば、極星を押さえ込むことは可能です。しかし、副作用を未解決のまま臨床試験に踏みきるのは……」

永山が口を濁して、眉間に深い縦皺を寄せた。

「永山君、我々はサラリーマンだ。部長だ、常務だと言っても、重松社長から見れば、丁稚も同然だよ。自分の生活を守るためにも、社長命令に背を向ける訳にはいかない」

「常務……」

「部長クラスの中では、君が取締役昇進の最右翼にいるんだ。自分を大事にしたまえ」

「常務は、猿が双頭の子を産んだ事実を、恐ろしいとは思わないのですか」

「ノントレポを商品化したら、効能書に、妊婦への投与を警告する文章を記載すればいいじゃないか。妊婦への投与を制限している薬剤は、いくらでもあるのだから」

「いいえ、効能書にそんな警告文を載せれば売り上げに悪影響を及ぼします。だいいち重松社長が、警告文記載に同意しないでしょう」

「うむ……」

「社長は、極星を押さえるためには手段を選ばぬつもりです。我々の研究が、その犠牲になってもいいのでしょうか」

「永山君、目をつむって社長方針に従うしかないよ。それができなければ、自分から会社を去るしかない。君は、現在の地位を棒に振って、帝北化薬を辞める勇気があるのかね」

「い、いや……辞めるなど……」

「それみたまえ。口では立派なことを言っても、我々は無力なんだ。無力な者は無力なようにうまく生き抜くべきだよ。こんなことを言えば君は軽蔑するだろうが、私には自分から帝北化薬を去る勇気はない」

「常務は正直ですね。おっしゃることはよく解ります」

「解るなら、次期取締役就任に向けて、全力投球したまえ。君の昇進については、私も応援する……いいかね永山君、我我は駒なんだ。社長の駒なんだよ、**駒は自分の血でもって儲ける事を考えるしかない**のだ」

浅田に肩を叩かれて、永山は弱弱しく頷いた。

永山は、早く重役になりたかった。出世への飽くなき願望が、研究者としての彼のエネルギー源でもあった。

「終わったようだ」

浅田が、立ちあがった。No.３の会議室のドアが開いて、大勢の経営者や学者たちが吐き出されてきた。

廊下やロビーが、たちまち賑やかになった。

浅田と永山の目が、せわしく動いた。

「いました」

永山が浅田の腕を突いて、顎をしゃくった。

二人は、人の間を縫うようにして、会議室のほうへ歩いていった。五人の紳士が、会議室を出たところで立ち話をしていた。

「三輪先生……」

永山が、背の高い初老の紳士の背後から、声をかけた。

紳士たちが、いっせいに永山のほうを見た。

「おう、永山部長じゃないか」

背の高い紳士が、温和な笑顔を見せた。東和医科大学の研究開発室長、三輪善次郎である。

東和医大は、私立の名門医大であり、三輪は、新薬開発の権威として、医学界にその名を知られていた。常に穏やかで偉ぶるところのない好紳士として、学生たちの尊敬を集めていた。

「浅田常務も一緒です」

永山が、少し離れたところに立っている浅田を、目で示した。

浅田が、丁重に頭を下げた。

「やあ、浅田常務、ごぶさたしております」

三輪が、浅田に近付いて、右手を差し出した。左手に提げた茶色の革カバンが重そうであった。

浅田が、恐縮したように、その手を握り返した。

「大学のほうへお電話を差し上げましたら、こちらだと聞きまして……」

浅田が言うと、三輪は紳士たちのほうを振り返って、軽く右手をあげた。紳士たちの輪が崩れた。

「相談事かね」

三輪が、浅田と永山の顔を見くらべた。

「スイートルームを予約してありますので、そちらのほうへ」

永山が言うと、三輪が、

「うん」

と頷いた。

三輪は、帝北化薬の顧問的な立場にあり、助教授の頃から、帝北化薬の新薬開発に大きな貢献を果たしてきた。

三人は、二十八階のスイートルームへ向かった。

5

スイートルームの窓の下には、皇居の森が広がっていた。三人は、窓際の応接ソファに体を沈めた。

テーブルの上には、冷えたワインと豪勢なオードブルが既に調えられていた。永山が、グラスにワインを注いだ。

「何か、悩み事のようですね」

三輪が、永山の手元を見つめながら言った。

浅田は、黙っていた。もともと政治的な折衝の下手な浅田だった。

永山は、浅田常務より小心ではあったが、政治的な駆け引きは、浅田よりはうまかった。

「どうしても、三輪先生のお力を仰ぎたいことが御坐居まして」

永山が言うと、三輪はワイングラスを手にして、目の高さに上げた。

永山と浅田が、三輪を見習った。

「私の力でできることなら、協力は惜しまないですよ」

三輪が物静かに言って、グラスを口許へ持っていった。

三輪の喋り方は、いつも穏やかではあったが、言葉が明確で自信に溢れていた。医学界の実力者にふさわしい自信であった。背の高い三輪は、医学者でありながら実業家の雰囲気を併せ持っている。

空になった三輪のグラスへ、浅田がうやうやしくワインを注いだ。

「で？……」

三輪が、話を促すようにして、首を傾げた。目は浅田よりも永山を捉えていた。

帝北化薬と三輪教授とのつながりは、永山が間に介在することによって保たれている。

「実は先生……」

永山は黒いアタッシェケースを開けると、分厚い書類を取り出して、三輪に差し出した。

表紙には『新抗生物質・ノントレポに関する研究開発データ』と刷られていた。

「いよいよ臨床試験入りという訳ですか」

三輪が、手にした研究開発データをぱらぱらとめくった。

三輪は帝北化薬が、ノントレポを開発中であることを永山から聞かされ知っていた。

「動物実験による、気になる副作用は？」

三輪が、データに目を通しながら訊ねた。

「多少あります。そのデータをご覧になっていただくと解ると思いますが、餌にまぜた経口投与ではチンパンジーに一過性の胃炎、筋注で猿に軽い皮膚炎が生じました」

「皮膚炎は、注射針のあとにできたのかね」

「ええ、そうです」

「炎症の最大直径は？」

「二センチです。最少で三ミリでした」

「薬効は、肺炎球菌、連鎖球菌、緑膿菌及び梅毒トレポネーマ、その他多数の病原菌に対して衝撃的と聞いていましたが、それに変わりはありませんか」

「ありません。まさに衝撃的薬理作用を示しています」

「よろしい。その程度の副作用なら必要な公的手続きを踏んだ上で、本格的な臨床試験に協力してみよう」

「その臨床試験の手続きに出す動物実験データなんですが」

「ん？……」

「我々の手で、念のため、こういうものを作成しましたので、ぜひご検閲いただきたいのです」

永山が、再びアタッシェケースを開けて、さらに分厚い書類を取り出した。

その書類を受け取った三輪が、愕然とした目で永山と浅田を見くらべた。

書類の表紙には『新抗生物質・ノントレポに関する動物実験データ』と刷られていた。そして、その表題の下には、三輪善次郎の名が入っているではないか。

「これは、どういうことですか、永山部長」

さすがに三輪が、少し声を荒らげた。

「三輪先生、言葉を飾らずに、率直に申し上げます。その動物実験データは、ある考えがあって私と浅田常務で作ったものです。それを三輪先生が作成したことにしていただけませんか」

「何を言い出すのですか。私の手で動物実験一つしていないのに、データを捏造し、しかも私の名を貸せとは何事かね」

「ノントレポの商品化を急ぎたいのです。噂では、極星がノントレポと類似の抗生物質を極秘に開発中とか。極星が我々よりもさきに中央薬事審議会の製造承認を受ければ、帝北は大打撃を受けることになります」

永山が、熱気をこめて言った。

だが、極星がノントレポと類似の抗生物質を極秘開発中というのは嘘であった。

「天下の帝北化薬が、極星に負けたくないばっかりに、不正なデータを用いて申請を出すというのは、犯罪じゃないですか」

「三輪先生、どうかご協力を」

「この三輪善次郎を馬鹿にしないで下さい。決められた手続きやルールを、きちんと守るのが我々の義務ではありませんか」

堪忍袋の緒が切れた三輪が、捏造された動物実験データを永山の前にポイと置いた。

浅田常務の顔が、真っ青になった。永山は緩慢な動きで、目の前のデータを手にして三輪を見た。

「先生……」

「永山君。私を犯罪になど、巻き込まないで下さい。君たちの動物実験では、大きな問題が出たに違いない。そうだろう」

「否定はしません。ですがノントレポを商品化しないことには……」

「会社が潰れる訳でもありますまい」

「いいえ先生。潰れるかもしれません。企業など、商品一つで、右にも左にも傾きます」

「馬鹿な……」

三人の間に、重苦しい沈黙が漂った。

製薬会社の研究が、一つの商品となって世に出るには、いろいろな形の試練がある。

新薬の許可をとるにしても、一病名について約二百五十の臨床例が必要であった。ノントレポのような『広域抗生物質』になると、治療対象となる病気が非常に多岐にわたる。

たとえば緑膿菌が原因となる病気だけでも、気管支炎、肺炎、髄膜炎、尿路感染、腸炎、敗血症及び皮膚の化膿などがあげられる。

連鎖球菌は、扁桃炎、咽頭炎、喉頭炎、中耳炎など十数種の病気の引き金となっている。従ってノントレポの製造承認申請には、これらの病気の一つ一つについて、二百五十の臨床例を添付する必要があった。

この臨床例を作成するのが、医大の教授や助教授、大手総合病院の医師たちである。

製薬会社は、彼らが作成した臨床例一例について、定められた手数料報酬を支払うのが普通であった。

「三輪先生……」

永山が沈黙を破った。

三輪は、永山を一瞥して、パイプをくわえた。永山が素早くライターの火を差し出すと、三輪が顔を寄せた。

パイプから、紫煙がたちのぼった。それを目で追いながら、永山がしんみりとした口調で言った。

「帝北化薬は、ノントレポの商品化に社運を賭けています。先生のご協力がなければ、帝北は極星の足元にひれ伏し続けることになります。いや、業界四位のメーカーに、三位の座を奪われて、業績は確実に傾いていくでしょう」

「永山部長、もう一度言いますが、君の依頼は、法に背いております。偽造データで臨床試験の承認申請をしたことが露顕したならば、私も君も、いや帝北化薬そのものが再起不能になる。その恐ろしさを君は認識しているのですか」

「認識しています。もし偽造データによる申請がバレても、先生には絶対に迷惑をかけないように致します。ですから、どうか……」

「君と浅田常務の二人だけが悪者になると言うのですな」

「そうです。先生は、知らない間に名前を使われた、と主張なさればよろしいのです」

「君たちは、それほど会社が大事なのか」

「会社に命を賭けることが、我々の生(い)き甲斐(がい)なのです。我我は自分の血で儲ける手段を考えなければならない、**会社の駒**なのです。どうかこの辛(つら)さを解って下さい。帝北化薬は今、社長から末端社員に至るまで、打倒極星に燃えています。それが企業戦士としてのロマンなのです」

「会社の駒、と仰ったか……解りました。そこまで覚悟しているなら」

「では、ご協力下さるのですね」

「で、見返りはなんです?」

「え?……」

いきなり切り返されて、永山は少し狼狽(ろうばい)した。

三輪の目が、湿った光を放ち始めていた。

「私も危険な橋を渡るのです。切符なしで渡れ、と仰るのですか」

「失礼とは思いますが、迷惑料としまして」

それまで沈黙していた浅田が、背広の内ポケットから一枚の小切手を取り出して、テーブルの上に置いた。額面は一千万円であった。

三輪が眉間に不快そうな皺を刻み、小切手に手をのばした。暗然とした表情である。つい先程までの秩序正しい怒りが、嘘のようであった。

「これで私も、下らぬ仲間になってしまいました。……自己嫌悪に陥っています」

三輪は溜息をつくと、小切手をスーツの内ポケットにしまった。

永山が、偽造した動物実験データを、恐る恐る三輪に差し出した。

「内容をチェックして、不備な偽造点は直してあげよう。これを用いる以上は、偽造データといっても大事ですからね。正しく見えるようにしなければならない。四、五日、時間を戴きますよ」

三輪がもう一度溜息をつきながら、革カバンの中へ、偽造データをしまった。

浅田と永山が、深々と頭を下げた。

6

動物商の片霧は、ライトバンを守衛室の前に止めて、不精髭の笑顔を見せた。守衛

が、

「よし……」

というように頷き返した。

片霧はアクセルを踏み込んで、ライトバンを駐車場へ滑り込ませた。

駐車場の前に、クリーム色をした五階建てのビルがあった。極星新薬の中央研究所である。約三万平方メートルの敷地周辺は、幅十メートルの人工林で囲まれていた。

片霧は、小さな包みを二つ持って、研究所の裏側へまわった。

研究所と渡り廊下でつながった細長い平屋棟が、H字形に建っていた。実験動物舎である。この動物舎の中には、帝北化薬と違って事務室が併設されていた。

片霧は、事務室のドアを開けて、誰にともなく頭を下げた。

事務室には、白衣を着た十数人の職員がいた。そのうち五人が女性で、全員が獣医師であった。

「いらっしゃい」

獣医師の女性職員が、片霧に笑顔を向けた。その声で、全員が、片霧のほうを見た。

片霧は、女性職員に近付くと包みを一つ差し出した。

「これ、三時のおやつに皆(みな)さんで……」

片霧が言うと、女性職員が、

「いつもすみませんねえ」

と腰を折った。

「片霧さん、待っていたんだ」

部屋の一番奥に坐っていた白衣を着た五十年配の男が、椅子から立ちあがって片霧を手招いた。事務室長の若名忠男(わかなただお)である。

片霧は若名室長に近付くと、机の上にさり気なく包みを置いた。中には高級輸入ウイスキーが入っていた。

若名室長が、心得顔で、包みを脇机の引き出しにしまった。

「今日の注文だよ。台湾猿の子が十匹とモルモット二十匹だ」

若名室長が、メモを片霧に手渡した。

片霧は、

「ありがとうございます」

と言いながら、メモを作業服の胸ポケットにしまった。

極星新薬の実験動物は、若名を長(おさ)とする十数人のスタッフによって管理されていた。

新薬開発の研究員から要請のあった実験動物を、どの業者に発注するかは、若名の権限に委ねられている。片霧にとって若名は、疎かにできない相手だった。

だが若名たちは、実験動物の健康で衛生的な管理について任されてはいたが、新薬開発の実験に直接タッチする訳ではなかった。そのため、獣医師たちで構成される動物舎事務室には、一種特有の不満のようなものが満ちていた。彼らは、こと動物に関しては、医師たちよりもスペシャリストであるという自負を抱いている。

獣医師である片霧には、彼らの不満が手にとるように見えていた。獣医師は、医師ではあっても動物しか診られない。そのため人間を診る医師に対して、強い競争心とか闘争心とかを抱く場合があった。秀れた獣医師であればあるほど、この傾向は強くなる。

極星新薬の職制上では、彼らの格付は、病理学をやる新薬開発員よりも下であった。それが、彼らの不満に、さらに拍車をかけていた。

だが片霧は、獣医師の資格に常に誇りを抱いていた。たとえ診る相手が人間ではなく動物であっても、生命を預かるという厳粛さは、人間を診る医師と少しも変わらないと思っている。

彼は、獣医師であり動物商である自分に、誇りと共に絶対的な自信を抱いていた。なにしろ多数の動物を飼育し生活を共にしているのだ。だから獣医師とて、人間を診る医師に劣らぬ、神聖な力を有していると自負していた。それだけに、極星の動物舎事務室に満ちているあからさまな不満には、どちらかと言えば不快を覚えている。

「片霧さん、すまぬが焼却炉の遺骸を丁重に合掌して燃やしてくれないか。今日は十二体もあるんだ」

若名が、こともなげに言った。

片霧は、

「承知しました」

と言って、事務室を出た。

焼却炉は、動物舎から西へ百メートルほど離れたところにあった。帝北化薬の焼却炉と同じタイプのものである。

焼却炉に入りきらない大型の遺骸が数体、芝生の上に並べられていた。

心から合掌をすませた片霧は、焼却炉の中を確かめたあと作動スイッチを入れた。

焼却炉が、低い音をたてて作動し始めた。

「きみ……」

不意に後ろから声をかけられて、片霧は振り返った。

大型の猿の遺骸を大事そうに胸に抱えた、四十半ばの男が立っていた。その遺骸の抱え方で、動物への愛情の深さが判った。白衣の胸ポケットに『藤江』の名札を付けている。

男のかけている金ぶち眼鏡が、日ざしを浴びて光っていた。男は胸をやや反らせて、どこか屹然たる態度を見せている。

「これは、副所長さん。お久しぶりでございます」

片霧は、丁重に頭を下げた。

男は、中央研究所の取締役副所長、藤江京一であった。藤江は、極星の最年少重役であり、新薬開発のエースとして、常務昇進を目前に控えていた。

「片霧動物は、サービスがいいので、わが社では好評のようですな」

藤江が、チンパンジーの遺骸をそっと片霧に差し出しながら言った。冷めたく落ち着いたエリートらしい喋り方であった。

「副所長さんが、自ら動物の遺骸をお持ちになるなんて、珍しいのではありませんか」

「うん、焼却炉に近付くことは、確かに余りないかな。でも、こいつは子供のころから大切に可愛がってきたやつなんで、自分の手で天上に昇らせてやろうと思ったのですよ」

藤江が、チンパンジーの頭を撫でて言った。

「副所長さんは、確か八、九年前、シデルミンという医家向けの消炎鎮痛薬を商品化されましたね」

片霧が、受け取った遺骸を芝生の上にやさしく横たえてやりながら訊ねた。

シデルミンと聞いて、藤江の顔がはっきりと硬化した。

「確かにシデルミンは、私が開発した消炎鎮痛剤だよ。それがどうかしたのかね」

「あの薬は、発売されてから一年も経たぬうちに、自然に消えてしまいましたが、どうしてなんですか。前評判は凄く宜しかったのに」

「残念なことに前評判の割には売れなかったんだ。だから花が萎むように自然に製造しなくなっただけだ。医者でもない片霧さんが、なぜそんなことを訊く？」

「いえね。筋炎にかかったときに一度、シデルミンを医者に筋射してもらったことがあるんですよ。随分とよく効く薬だったのに、どうして市場から自然に消えてしまったのかなあ、と思いましてね」

「シデルミンが市場に出まわらなくなったことを、どのルートで知ったんだね」

「私がかかりつけの医者は、必ず使用する薬について、詳しく説明してくれるんです。それで、シデルミンが極星の新薬だということを知ったのですよ。一年ほどして、また筋炎にやられたんで、前回と同じ注射を頼んだら、医者が、もう製造打ち切りになったと教えてくれたんです」

「なるほど、そう言うことでしたか。シデルミンが、私の開発した薬だということは、社内の誰かに訊いたのですね」

「動物商として、こうして出入りさせていただいているのですから、自然に耳に入ります。べつに誰に訊いたという訳でもありません」

「そうですか……それにしても何故いきなり古い話を持ち出したのです？　シデルミンは、私がまだ一介の課長だったころの開発薬だが」

「べつに深い意味があって、お訊ねした訳ではありません。あれほど効く薬が不意に市場から姿を消したのは、何か重大な副作用でもあったのかと思いまして……」

「きみ！」

藤江の表情が、激しく動いた。

「あ、これは失礼なことを言ってしまいました。礼儀を失しました。お許し下さい」

片霧は頭の後ろに手をやって、幾度も腰を折った。

藤江が、片霧に背を向けて、足早に去っていく。

藤江を見送る片霧の目が、不精髭の中で光った。

（やはりシデルミンは、藤江副所長の開発した薬だったのか）

片霧は、両手の拳をぐっと握りしめた。十本の指が、鈍い音をたてて鳴った。

藤江の姿が、動物舎の角を折れて見えなくなった。

片霧は、シデルミンが藤江の開発した薬だと知っていた訳ではなかった。もしや藤江ではないかと推測して、誘導尋問を放ったに過ぎない。その誘導尋問に、藤江が見事にひっかかったのだ。

帝北化薬も、極星新薬も、新薬を開発した担当研究員の名は、いつも秘中の秘になっている。そうしないと、たちまちライバル・メーカーに、優秀な研究員を引き抜かれる恐れがあるからだ。

帝北も極星も、将来性のある若手研究員を引き抜こうとして、お互いに敵の陣営を虎視眈々と睨んでいた。一人の研究員が引き抜かれると、その製薬会社が何の新薬を開発中か全てバレてしまう。そのため、二位三位争いで激突する帝北と極星は、人材流出の防衛には懸命であった。

「藤江め」

呟く片霧の顔に、怒りが漲(みなぎ)っていた。

シデルミンは藤江の開発した薬——それは、片霧が**待ちに待っていた**〈解答〉であった。片霧は、その〈解答〉を知りたくて、これまでにも動物舎事務室のスタッフや研究員に、それとなく訊ねたりしてきた。だが、そのたびに企業秘密の厚い壁にぶつかって〈解答〉は引き出せなかった。

シデルミンは、藤江の手で開発されたのではないか、という片霧の推測は、八年前から抱いていたものだった。

そのころから藤江の新薬開発能力は、極星ナンバー・ワン、と社内で噂されていた。その噂が、折にふれて、片霧の耳にも入っていたのである。

そして、その噂を裏付けるようにして、藤江は出世街道を駈(か)け上(のぼ)っていった。

偉くなった藤江は、殆ど片霧の目に触れることはなくなった。今日、出会えたのは、まさに千載一遇(せんざいいちぐう)のチャンスと言えた。

「藤江め」

片霧は、また呻くようにして呟いた。

焼却炉の煙突からたちのぼる薄青い煙が、動物舎の屋根を越えて、研究所のほうへ流れていった。その青白い煙に対して片霧は「お前たち……人類の病克服(やまいこくふく)のために本当に有り難う」と、厳しい表情で合掌するのだった。

7

その日の夕方——。

東和医科大学の正門をくぐった黒塗りの外車が、まっすぐに延びた学内道路を、ゆっくりと走ってきた。茜色に染まった銀杏並木（いちょうなみき）が美しい。

銀杏並木の学内道路の突き当たりに、六階建ての古風なレンガ造りの教授棟があった。車は、その正面玄関に滑り込んで、静かにエンジンを切った。

運転手が、敏捷（びんしょう）に降りて、後部ドアを開けた。最初に背の高い五十半ばの紳士が降り、続いて金ぶち眼鏡をかけた男が降り立った。金ぶち眼鏡の男は、極星新薬中央研究所の藤江である。

長身の紳士は、藤江を従えて、教授棟の中へ入っていった。

二人は、階段伝いに二階へ上がった。二階は、廊下がT字形に延びている。

紳士は、足を早めた。教授棟の隅隅まで知り尽くしているような、歩き方であった。

紳士の足が、学長室と表示されたドアの前で止まった。彼が、ドアをノックすると、中から応答があった。

二人は、学長室に入った。窓を背にした正面の机に、茶色のダブルの背広を着た小柄な男が坐っていた。

東和医大の理事長兼学長、武中昇一であった。武中は、肝臓癌の世界的権威として名高い。

「やあ、これは高橋次官」

武中学長が、驚いたような顔を見せて、立ちあがった。窓から射し込む茜色の夕日が、武中の背を赤く染めていた。

「ごぶさた……」

高橋と呼ばれた紳士が、破顔しながら武中学長に歩み寄った。

武中が右手を出し、その手を高橋が、がっちりと握り返した。

「突然お訪ねして申し訳ありません」

高橋が、まず詫びて、背後に控えている藤江を手招いた。

武中学長の目が、高橋から藤江へと移った。藤江は、名刺を差し出しながら、武中学長に近付いた。

「ご紹介します。極星新薬のエースと評されている藤江君です。中央研究所の取締役副所長をしていらっしゃる」

高橋が、藤江の肩に手を置いて言った。

武中と藤江が名刺を交換した。

「何やら訳ありのご来訪ですな……ま、どうぞ」

武中が唇の端で笑いながら、応接ソファを勧めた。

「まさに訳ありです」

高橋が長い脚をゆったりと組み、煙草をくわえてニヤリとした。

高橋淳平（じゅんぺい）――厚生労働省事務次官で、政界への出馬が噂されている実力者であった。医師の資格を持つ高級官僚として知られ、公衆衛生局企画課長、薬務局次長、医務局長のエリートコースを歩いて、三年前に事務次官のポストに就（つ）いていた。

高橋も武中も、京都大学医学部を出ており、師と仰ぐ教授も同じであった。つまり同門の出身であり、刎頸（ふんけい）の間柄である。

武中が、高橋の二年先輩にあたり、高橋が医務局長のポストに就いた五年前から、二人の交際は本格的に始まっていた。もっとも京大時代は、研究課題でよく議論し合った仲だ。

「で、今日は?……」

武中が訊ねた。

「事務次官の職を、今月末で去る決心をしました。それで挨拶にと思いましてね」

「ほう、するといよいよ政界入りだな」

「いや、政治のドス黒い渦に巻き込まれるのは止すことにしました」

「止す? そいつあ惜しいな。いや、惜しい……君ほどの実力者が」

「医学界や製薬業界の裏表を、たっぷりと見てきましたからね。その経験を生かすことにしましたよ」

「経験を生かす?……何だか恐ろしいことを言ってくれるねえ」

武中は、苦笑した。

「実は、極星新薬の要請に応えることにしたんですよ」

「要請?……すると実業界入りという訳ですか」

武中が、藤江のほうへチラリと視線を走らせて言った。

「**国家公務員法**による天下り規制もあるので、一応、二年間は、**役員待遇の顧問**ということで籍を置くことになりました。二年を過ぎたら、代表権のある副社長ということで……」

「それは凄い。極星新薬のような大企業なら、高橋次官の実力は充分に発揮できるよ。おめでとう……と言いたいところだが、我が大学へ来てほしい、と言う気持もありましたよ」

「先輩にそう言っていただけると心強いですな。ま、今後とも何かとよろしくお願いします」

「製薬会社と医大の関係は濃厚密接です。これからも仲良く付き合えそうだね」

武中が、意味あり気に言った。

「それにしても超弩級の人材を摑まれましたね藤江副所長さん。高橋次官を大事にしてあげて下さいよ」

武中が、藤江を見て目を細めた。

藤江は、

「はい……」

と、体を硬くして頷いた。

彼は先程から、敵陣の真っ只中にいる自分を感じていた。

東和医大は、わが国最大の東都製薬と第三位の帝北化薬との付き合いが極めて深かった。極星新薬は、東和医大との交流はまったくない。いわば他人の縄張りへ、土足で踏み込んでいるようなものだった。

藤江は、武中学長の視線が自分のほうへ向くたびに、帝北化薬の雇った刺客に睨みつけられているような重圧感を覚えた。

極星新薬は、主として国公立医系の医大の交流を巧みな接触技術で深めており、私立医大との人脈は薄い。国公立系大とその交流は結構むつかしい。動き方次第では**贈収賄の轍**を踏みかねないからだ。業績を焦る中堅メーカーなどはよく、この**爆薬**を踏んでやられている。

「さてと……」

高橋が、くわえていた煙草を灰皿の上で揉み消した。

「本題入りだな……」

武中学長が、高橋の心中を見抜くようにして言った。高橋が「はい……」と、真顔で首を縦に小さく振った。

「お聞きしましょう。遠慮なくどうぞ」

武中が、真顔で返した。高橋が組んでいた脚を解き、身を乗り出すようにして、口を開いた。

「結論から申し上げますと、東和医大と極星新薬との間に有益な関係を築きあげたい、ということなんです」

「東和医大が、東都製薬、帝北化薬の二社と極めて深い関係を保っていることを承知で言っているのだね」

「むろんです」

「極星新薬は、なぜ東和医大との緊密化を望むのか、率直に言ってもらいたいですね」

「ここにいる藤江副所長が、肝臓癌に効果のある制癌剤プロチンと、心筋梗塞(しんきんこうそく)の治療剤レミナンを前後して開発したのです。極星新薬は業界第二位とはいえ、ここ二、三年、業績が伸び悩んでいます。そのため会社としては、藤江副所長の開発したプロチンとレミナンの製造申請を緊急課題にしているのです」

「臨床試験を急ぎたいという訳ですな」

「その通りです。武中学長は肝臓癌の世界的権威でいらっしゃいます。学長お墨付(すみつき)の臨床試験データがあれば、中央薬事審議会は苦もなく通過できる、商品化も早く実現できます」

「随分とはっきり言うじゃないか」

「こういう大きな依頼は、言葉を飾るとかえっておかしくなるのですよ」

「なるほど。しかし、いくら製造申請を緊急課題にしているといっても、臨床試験にはそれ相当の日数を要しますよ」

「なんとか二週間程度で、臨床データをまとめてもらえないでしょうか」

「そんな無茶な。馬鹿を言っちゃあいかん。二週間で新薬の効果が判定できるかどうか、次官も解っているでしょうが。できないことを言ってもらっては困りますよ」

「その無茶を、こうして頼みに来たのです。極星は帝北の厳しい追撃に苦しんでいます。なんとか力になってくれないでしょうか」

「高橋次官……」

「武中学長、私に貸しをつくって損はありません。厚生労働省には、私が育てた第一級の人材が重要な地位を占めています。厚労省に睨みのきく私への貸しは、今後の東和医大にとって必ず役立つはずです」

「君に貸しをつくるだけのために、無茶な臨床試験を引き受ける訳にはいきませんよ。二週間では、臨床試験をしないのと同じだ。医学研究や新薬開発と言うものを軽く見ちゃあいけません」

「極星新薬としては、無茶を頼むだけの礼はするつもりです。東和医大は今、付属総合医学研究所を建設していますね。最新式の医療・研究設備を、必要なだけ極星が寄付しようじゃありませんか」

「えっ、最新式の主要設備を寄付してくれると言うのかね」

「むろん、そのつもりでここへ来たのです」

高橋次官が、藤江副所長に目配せをした。藤江は、背広の内ポケットから白い封筒を取り出して、テーブルの上に置いた。武中が、封筒に手をのばした。封筒の中に入っていたのは、和紙の寄付目録であった。

武中は相手の用意周到さに、啞然（あぜん）として目録と高橋次官とを見比べた。

「どうですかね、武中学長」

高橋次官が、探るような目で武中学長を見つめた。

目録を見る武中の表情が、次第に緩んでいく。無理もない。目録には現代医療科学の最先端を行く医療・研究設備が、ズラリと並んでいたのである。

電子走査超音波診断装置、運動負荷心電図処理システム、血液成分分離装置、胸腹部連続血管撮影装置、カルデジオダイヤグノースト、シンチレーションカメラ、ＣＴスキャンそしてＭＲＩ……。

武中は、およそ三十品目に及ぶ最新式医療・研究設備に目を通し終えて、思わず、

「うむ……」

と呻いた。頭の中で、ざっと計算しただけでも、数億円にはなる寄付だ。

「解った」

武中学長が目録を封筒に戻し、小さな声で呟いた。

高橋と藤江の顔が、明るくなった。

「だがね、高橋次官。制癌剤プロチンは引き受けることはできるが、心筋梗塞の治療剤レミナンは、ほかの病院に頼んでみてくれないか。私の専門外だ」

「そのレミナンですが、こちらには循環器内科の権威、三輪善次郎教授がおられる。私とは一面識もないので学長から、三輪教授に頼んで戴けませんか」

「駄目だ。それは出来ない。無理です。彼は帝北化薬と極めて親密な間柄にある。二週間で臨床試験をせよ、などという無茶は学長として頼めません」

「しかし……」

「肝臓癌に効くとかいうプロチンは、私の専門領域だから、覚悟次第で無茶はできます。しかし、その無茶を、学長の権限とかで教授にまで押しつけることは危険すぎます。極星の姿勢が世間に知れる恐れも出てくるじゃないですか」

「率直に申し上げますと、我我としては、学長のお力で、帝北化薬と三輪教授との関係を遮断して戴きたいのです」

「そのことも、今日の来訪の目的に入っていたのかね」

「極星としては、真剣に東和医大との親戚付き合いを考えています。できれば東和医大から帝北の臭いを一掃してほしいのです。その第一弾として帝北と三輪教授の関係をまず断っていただきたいと言う訳です」

「まったく、あきれた頼みですな」

武中が、憮然とした表情で腕組みをした。良心に責められている表情だった。それを待っていたかのように、藤江副所長が、また背広の内ポケットに手を滑り込ませた。

彼は、二枚の小切手を取り出すと、武中の前に置いた。二枚とも額面二千万円の記名式小切手であった。一枚には武中の名が、もう一枚には三輪の名が、受取人の欄に記載されていた。

それは、帝北化薬の浅田と永山が三輪教授を金で押さえ込んだときの光景と、寸分違わぬものであった。

それまで沈黙がちだった藤江副所長が、口を開いた。

「われわれ極星新薬と致しましては五年後に、ベッド数三千床を誇る巨大病院を、社会への利益還元政策の一環として建設する計画をたてています。武中学長には、この病院の最高経営顧問になっていただき、三輪教授には名誉院長をお願いしたいのです。むろん非常勤で結構ですし、相当額の年俸もお約束致します」

「むむ……完璧ですな、君たちの作戦は」

武中が思わず苦笑して、二枚の小切手を背広のポケットにしまった。それは、学長武中が**完敗した**瞬間であった。

「高橋次官が籍を置くことになる会社でもあるし、極星に全面協力しましょう。ただしプロチン、レミナンとも動物実験は充分にしたのでしょうな、藤江副所長さん」

「その点は誓って大丈夫です」

「極星が数年前に開発したシデルミンという消炎鎮痛剤が、全国の病院で二十名近いショック死を出したことがあったね」

「は、はあ、あれは、そのう……」

「動物実験をしっかりやっておれば、ああいう事態は起こらなかった筈ですよ。新薬の薬理作用は、動物実験で殆ど摑めるものだから、臨床試験以上に動物実験は大切なんです。私は一貫して、そういう考えを持っています」

「申し訳ありません」

「ひょっとしてシデルミンは、藤江副所長さんが開発したのではありませんか？」

「はい、私です……申し訳ありません」

「矢張り図星でしたか。私に謝って貰っても仕方がない。が、まあ私と付き合う以上は、動物実験には特に力を入れてもらいたい。それをこの席で強くお願いしておきますよ」

「お約束いたします」

「二十名もショック死者を出した割に、あの事件は表沙汰にはならなかった。恐らく蔭で大物が動いて揉み消したのだろうが……」

武中が、高橋次官の顔を見据えて言った。高橋が眩しそうに、武中の視線を避けた。

「あのシデルミンは、その後改良されてザクソンの名で再販されています。薬効が優れていますので、今では当社の準主力商品に育っています」

藤江副所長が、苦しそうな口調で言った。

「なるほど、ザクソンなら知っている。あれがシデルミンの改良型だったのか」

「シデルミンのイメージを一掃したかったため、あえて改良型であることを効能書にうたわなかったんです。どうかお許し下さい」

「はははっ、藤江さん、私に向かって謝っても仕方ないですよ。国民や患者に対してだ。まったく謝り方を知らぬのは、**政治家以上ですなぁ」**

「え？　**政治家？……」**

「**昨今の政治家は図図しい割には能力も教養も謙虚さも無い。ご覧なさい昨日の国会を。国民が厳しい生活苦に陥って苦しんでいると言うのに、厚かましくも自分たちの議員報酬を目玉が飛び出るほど大幅にアップさせよった。全くこの国の政治家は正義を失ってしまいよったわ。もはや下等動物よりも下等な存在でしかない。なさけ無い。本当になさけ無い。国民はもっと強く険しく怒るべきだ」**

武中が、肩を震わせ突然のように激しい口調で言った。いつの間にか、学長室の窓の外が重苦しい程に暗くなっていた。

8

藤江は、小田急電鉄の玉川学園前駅で下車すると、緑豊かな閑静な住宅街を歩いた。時刻は、すでに午後十一時半を過ぎていた。

道は、緩い坂道になっている。左手には深い雑木林が続き、右手側に新興の邸宅街が広がっており、街は森閑と静まりかえっていた。

藤江の自宅は、新興邸宅街の一番奥にあった。彼は、玉川学園前駅から自宅までの道を歩くのが好きであった。

駅から自宅までは、徒歩で十五分ほどかかる。仕事で疲労したとき、ひっそりとした夜の道を歩いていると、明日への意欲が湧き上がった。

緩い坂道を登りつめると、道は平坦になる。藤江は、立ち止まって夜空を仰いだ。満月であった。青白い月の光が、大地に降り注いでいた。

「ふふ……武中学長の手厳しい政治家批判は、なんだか胸にこたえたなあ。まったくズバリその通りだったから」

藤江の口元に、どこか寂しそうな笑みが浮かんでいた。赤坂の料亭と銀座のクラブで武中学長と二人で飲んだ酒が、まだ体の芯に心地良く残っていた。現役の高級官僚である高橋次官は、加わっていない。

(ま、しかし、これで、東和医大から帝北化薬を放逐できたも同然……私は責任を一つ果たしたことになる)

藤江は、煙草をくわえて、ライターで火を点けた。

澄みきった空気の中で吸い込む紫煙が、肺にしみ込んだ。**武中学長の的を射た政治家批判**が胸にこたえた藤江ではあったが、勝利感はゆっくりと膨らんでいた。

赤坂と銀座の酒宴には、武中学長だけでなく、途中から急遽、三輪教授が加わった。武中が、半ば強引に三輪教授を携帯で誘ったのだ。

赤坂の料亭では、終始、警戒の色を見せていた三輪であったが、銀座のクラブへ行くころには、藤江にも武中にも警戒を解くようになっていた。もともと酒好きな三輪だ。

銀座のクラブでは、藤江が前もって手を打っておいた美人ホステスが、武中と三輪に妖しい気配を見せて迫った。

（今頃は、『パレス東京駅前ホテル』の豪華な部屋で、ねんごろになっているはず）

藤江は、月明かりを楽しみながら、ゆっくりと歩いた。

三輪教授へは、まだレミナンの臨床試験の話も、高橋次官を極星へ招請した話も打ち明けてはいない。明日、ホテルで朝食を終えたあと、武中学長が三輪教授に全てを話す段取りになっている。

その後で、高橋次官が、三輪に接近して『厚労省主催の席』なるものを設けることになっている。

藤江は、プロチンとレミナンを早急に商品化することにより、自分は確実に常務へ昇進するだろう、と思った。

藤江は気分爽快であった。

（それにしても、武中学長がシデルミンの話を始めたときは、ヒヤリとしたな）

藤江にとって、シデルミンの事件は、唯一の汚点であった。

だが、その汚点も、改良型のザクソンを世に送り出すことによって帳消しになっている。

藤江の足が、ふと止まった。動物商・片霧文吾の言葉が、不意に脳裏をかすめたからである。

（あの男、いやにシデルミンのことを気にしているようだったが……）

藤江の胸中に、不吉な予感が走った。その予感が、軋(きし)んだ音をたてて、急激に膨らんでいくような気がした。

藤江は、片霧に対して、シデルミンの開発者が自分であることを認める発言をした迂闊(うかつ)さを後悔した。

（あくまで否定すべきだった）

藤江は、舌打ちをして歩き出しながら、

「動物商ごとき、恐れることはない」

と、強(し)いて自分に言って聞かせた。

だが、不吉な予感は、際限なく膨らんだ。

『公園の森』と向き合っている自宅が、百メートルほど先に見え出した。台所の明かりが見え、窓ガラスに妻らしい影が映っていた。間もなく午前零時である。

藤江は、妻の影を認めて急に空腹を覚えた。彼は酒宴があったあと、どれほど遅く帰宅しても、必ず妻が用意してくれる茶漬けをかき込むことにしている。

藤江は、足を早めようとした。

不意に月が雲に隠れて、あたりが真っ暗になった。

次の瞬間、彼は、いきなり背後から誰かに左肩を摑まれ引っ張られた。振り返ろうとしたが、凄い力でズルズルと暗い路上を引き摺られた。

「よせっ」

藤江が、思い切り体を振ろうとすると、体が路面から高く浮き上がった。

悲鳴をあげる間もなく、藤江の体が『公園の森』の奥に向かって投げつけられた。

凄まじい力だ。

藤江は、低く呻いて起き上がった。その脚を、何者かが払った。

転倒した藤江の手に、太い枯れ枝が触れた。反撃しようと藤江は、それを摑んで立ちあがった。一寸先も見えない闇であった。

シュッと不気味な音がして、藤江の右胸に何かが当たった。藤江が、棒切れのように、仰向けに倒れた。

右胸の激痛が、全身に広がった。

「誰かあ！」

藤江は、助けを呼んだ。

大声を張りあげたつもりであったが、恐怖で声はかすれていた。殆ど声になっていない。

藤江は、『公園の森』の奥に向かってよろめきながら走った。夢中であった。何で殴られたのか、右胸がジンジンと激しく痛む。

木木の枝枝が、彼の体中を叩いた。

彼は背中を、ドンと強い力で押された。

藤江の足元は、急斜面となっていた。その斜面を、藤江は宙を飛ぶように落下した。

彼は、自分が一体何に襲われているのか、まったく解らなかった。そんなことを考える余裕もなかった。恐怖が、彼の精神状態を錯乱させていた。

「助けてくれっ」

藤江は、ようやく大声を張りあげた。その声が、広大な『公園の森』に虚しく響きわたった。

月が雲から出て、雑木の森の中に月光が降り注いだ。

すぐ近くで、ザザッと枯れ葉が鳴った。藤江は、音のしたほうへ目を凝らした。

月光を浴びて二つの鋭く光るものがあった。藤江の顔が、恐怖でひきつった。

彼は、見た。数メートルばかり離れたところに、〝巨大な大男〟が、目を光らせて突っ立っているのを。

「うわっ」

藤江は、悲鳴をあげて駈け出そうとした。

その首へ、大きな影の太い両腕が素早い勢いで伸びた。その腕が、藤江の首に食い込む。

「げっ……」

藤江が喉を鳴らして倒れた。

大きな影が倒れた藤江の上に覆いかぶさった。そして首を締め上げる。

藤江が、口をパクパクさせせた。

「たす……け……て」

その呻き声のあと、藤江の首が、バキッと鳴った。

藤江の両脚が、激しく痙攣(けいれん)した。それでも尚、バキッ、バキバキッと骨の折れる音が続く。怒りを激しくぶっつけているような容赦の無い、身が凍りついてしまうような恐ろしい音だった。

また、月が雲の中に隠れた。

「もういい、フラッシュ」

闇の中で、どこか悲し気な男の声がした。まぎれもなく片霧文吾の声だった。

藤江の体は首にとどまらず、全身の骨を折られて、グシャグシャの体と化していた。頭部も顔面も、殆ど原形をとどめていない。

「行こう、フラッシュ」

懐中電灯の明かりが消えた。どこかで梟(ふくろう)の鳴き声がした。

9

翌日、片霧は仏壇の前で正座をしていた。日はまだ午後の空にあったが、手には早目に配達された夕刊第一報の切り抜き記事を持っていた。藤江の死を報じる大見出しの記事であった。

記事は『想像を絶する力によって圧迫された全身骨折』と述べ、何による圧迫かは『原因不明』で片付けられていた。

「終ったよ、美沙」

片霧は、ぽつりと呟いた。淋し気な呟きであった。

片霧は、仏壇に供えられているアンプルを手にとって眺めた。アンプルには、シデルミンとラベルで表示があった。

片霧は、傍の屑籠に、アンプルと記事の切り抜きを投げ捨てた。八年前のことが、昨日のことのように瞼の裏に甦った。

その日、美沙は、動物代金を集金するため、各製薬会社の研究所をまわっていた。集金は、いつも美沙の役割だった。夫の片霧をよく助ける糟糠の妻だった。

美沙は、550ccの小型自動車を愛用していた。予定の集金を終えて、自宅近くまで帰ってきたとき、信号のない交差点で女子大生の運転する普通乗用車と衝突した。

美沙の車は大破したが、右足首を骨折しただけですんだ。相手の車は小破し、運転していた女子大生には異常がなかった。事故そのものは、警察の介入により双方の不注意でケリがついた。

片霧が悲嘆のドン底に突き落とされたのは、事故の翌日であった。

自宅近くの救急病院に入院していた美沙が、ベテランの医師からシデルミンを注射されてショック死したのである。殆ど〝瞬間死〟に近かった。

医師は、注射の前に美沙に対して薬剤による異常の経験が過去にないかどうかを確認した。そして、更に片霧にも同じ質問をしてから、美沙にシデルミンを注射したのである。慎重で優しい医師であり彼の医療行為そのものには、何の落ち度もなかった。

だが美沙は、注射をしたあと直ぐ、片霧の目の前で息を引きとった。まさに直ぐのショック死であった。

妻がいつ息を引きとったのか、片霧は気付かなかった。それ程に急過ぎた死に方だった。

片霧は、担当の医師を訴えなかった。妻の治療に誠意を見せた医師を訴えるに忍びなかった。

医師は、死因について『特殊体質によるもの』と説明した。片霧は、悲しみをこらえて、医師の言葉を信じた。

以来、八年が過ぎた。その間、片霧は可能な限りシデルミンについて調べた。

彼はやがて、シデルミンが、発売後一年も経たぬうちに製造が打ち切られたことを知った。

シデルミンによるらしいショック死が、都内の病院で何件か生じているらしい気配をも摑んだ。だが事件は、まったく表沙汰にはならなかった。

製薬会社に対する片霧の復讐心は、八年の歳月をかけて、育(はぐく)まれてきた。動物商という仕事を通じて観察し続けてきた製薬会社は、まさに『怪物』であった。相手が『怪物』であり過ぎるがゆえに、片霧の復讐心は火を消すことがなかった。

「成仏(じょうぶつ)してくれ、美沙」

片霧は合掌(がっしょう)を終えてから位牌を手に幾度も幾度もやさしく撫で、そして仏壇の前を離れた。

彼はハイボールを一杯呑んでから寝室へ入っていった。昨夜から今朝にかけて、殆ど一睡もしていなかった。眠くて仕方がない。

寝室には、シングル・ベッドが二つ並んであった。美沙が使っていたベランダ側のベッドの上に、フラッシュが大の字になって静かに眠っていた。実によく眠るフラッシュだった。

片霧は、自分のベッドの上にぐったりと横になった。

(帝北化薬の永山部長は、新薬の実験で、双頭の子猿を九匹も産ませている。いったいなんの薬を研究しているのか)

片霧は、その新薬が世に出ることを恐れた。彼は双頭の子猿を見て、永山部長の研究している新薬には、相当強烈な副作用があるに違いないと思った。

(副作用の問題が解決できないとなると、そろそろ永山部長は焦り出すはず)

片霧は、ベッドの上に上体を起こして考え込んだ。

「彼が大問題を起こす前に……もう一度やってみるか」

片霧は、呟いて枕元の受話器に手をのばした。外はまだ勤務時間の明るさだ。

彼は、帝北化薬と東和医大が緊密な関係を結んでいることを知っていた。製薬会社と医大の緊密な関係と言えば、当然、臨床試験が絡む関係である。だが片霧は、永山部長が、どの教授と緊密かまでは知らなかった。

片霧は、プッシュ・ボタンを押した。

発信音が三度あって、帝北化薬中央研究所の電子交換システムがＡＩ応答した。

「こちらは東和医大ですが、永山部長はいらっしゃいますか?」

片霧は、できるだけ丁寧な口調で言った。

「三輪先生でいらっしゃいますね。ただいま、おつなぎ致します」

即座にＡＩが明るい声で応答した。たいしたＡＩだ。

「あ、すみません。悪いが、いま客がきたので、またあとでかけ直します」

片霧は、そう言ってから、そっと受話器を置いた。

（そうか、三輪教授だったのか。さすがに大物教授を摑んでいるなぁ）

片霧は、三輪教授の名をよく知っていた。『東和医大の三輪』の名は、たえずマスコミにも登場し、**新薬開発の権威**として一般人の間にもよく浸透している。

片霧は、電話局の番号案内で東和医大の電話番号を調べた。

彼は、東和医大のプッシュボタンを押した。ＡＩ交換台が、すぐに出た。

帝北化薬の名を告げて、三輪教授室の直通電話番号を訊ねると、ＡＩ交換台は少しの間を置いてから回答した。さすが、帝北化薬の信頼が大きいことを物語っている。

その信頼度をＡＩ交換台は見事に読み取っていた。

片霧は、受話器を置いて、ひと呼吸すると永山部長の声音や喋り方を思い出した。

永山は、落ち着いたゆっくりとした喋り方である。

片霧は、受話器を取り上げて、三輪教授室のプッシュボタンを押した。

彼は、冷静になりきっている自分を感じた。不思議なほど恐れも迷いもなかった。

発信音が鳴るか鳴らぬうちに、相手の受話器があがった。

「三輪です」

大物学者にふさわしい、穏やかで重々しい声が返ってきた。威張っているような声の印象などは全くなかった。

「帝北化薬の永山でございますが」

「お、永山さん、丁度よかった。これからあなたに電話を入れようと思っていたところです」

「そうでしたか」

片霧は、ヒヤリとした。間一髪のところで入れ違いにならずにすんだのだ。

「あなたに頼まれたノントレポの動物実験のデータですが、やはり私の名をお貸しする訳にはいかなくなりました」

「え？　どうしてですか」

片霧は、三輪教授の言葉に、慎重に対応しながら、大きな衝撃を受けていた。三輪が、「動物実験データに名前を貸す……」と言ったからだ。

その言葉が、どれほど重大な意味を含んでいるか、片霧には理解できていた。

「理由は言えませんが、とにかく協力できなくなりました」

「ううん、困りました。考え直して戴けないでしょうか」

「考え直す余地はありませんよ。だが、あなたとの付き合いは長いので、なんとか間接的に協力しようとは考えています」

「間接的と言われますと？」

「大手民間病院の副院長をしている私の後輩に協力させようと思うのですが、どうですか？　口は堅いし、臨床医としても有能な人物です」

「はあ……」

「気乗り薄のようですな。じゃあ、仕方がないので、あなたから預かっているデータと戴いた小切手は、今日中にも書留速達で送り返すことにします」

ガチャリと音がして、電話が切れた。

（ノントレポとは、なんの薬だろう。まさか、双頭の子猿の……）

片霧は、戦慄(せんりつ)した。

彼は、三輪教授の言葉から、帝北化薬が動物実験データを偽造したことを、はっきりと感じた。その偽造データに、三輪教授が自分の名を冠(かぶら)せることを拒否したのだ。

（名義の貸し料が高額の小切手という訳か）

片霧は、製薬会社と医師のドス黒すぎる癒着(ゆちゃく)を、目(ま)のあたりにしたように思った。

（もしノントレポに、双頭の子を産ませるような重大な副作用があるなら、断じて商品化させる訳にはいかない）

すっかり眠気が覚めてしまった片霧は、厳しい表情で、寝室を出た。

片霧は、浴室へ入ると、長い間のトレードマークであった不精髭に、カミソリの刃を当てた。髭の下から、平凡な男の顔が現われた。いつ目を覚ましたのか、巨大なフラッシュが傍にいた。

片霧は、終日着ていることが多い作業服を脱いで、グレーの背広に着替えた。長身に背広が似合っていた。

彼は、腕時計を見た。午後五時半である。帝北化薬の中央研究所が、一日の仕事を終える時間であった。だが、研究員たちは、たいてい午後八時、九時まで懸命に仕事を続けている。政府が決めた**働き方改革**などは、研究開発や企業経済発展のためには全く役に立たない、と考えている彼らだった。あんなものに従っていると、日本の国力の地位はドンドン落ちていく、と皆、本気で思っている。給与収入の少ない労働者にとっては、残業手当は決して『悪』の一面ばかりではないのだ。

「こい、フラッシュ」

片霧は、車庫へ行くと、大型ライトバンの後ろのスライドドアを開けた。フラッシユが、後部シートに窮屈そうに乗り込んだ。

片霧は、フラッシュの体の上に、黒布をかぶせた。

「静かにしていろよ」

彼は、黒い布の上からフラッシュの体を軽く叩いた。

10

永山は、社長室の前で立ち止まると、上腹部を撫でた。社長に呼ばれると、きまって上腹部に痛みが生じた。

ドアをノックすると、聞き馴れた重松社長の声が返ってきた。

永山は社長室に入ると、ドアを閉めて、頭を下げた。

ワンマン重松が、正面の社長席に背中を反らせて坐っていた。永山は、恐る恐る社長の前に立った。

重松は、機嫌のいい顔つきで、口を開いた。

「浅田常務から聞いたよ。君と浅田君が偽造したノントレポの動物実験データに、三輪教授が名前を貸してくれることを承知したそうだな」

「はあ、なんとか説得に成功しました」

「よくやった。三輪教授が自ら作成した動物実験データということになると、臨床試験の審査も速やかにパスするからな」

「あとは祈るだけです」

「祈る？」

「動物実験のデータが、我々の手によって偽造されたということが、バレないようにです」

「気の弱いことを言うな。すでに矢は放たれたんだ。万が一、偽造データが世間に漏れることはあっても、会社は君や浅田常務を見放したりはせんよ」

「本当ですか」

「社長に向かって、本当ですか、とは無礼だろう」

「す、すみません」

「で、臨床試験はいつごろできそうなのかね」

「三輪教授が、いま偽造データに不備な点がないかどうか、チェックして下さっています。膨大な量のデータなので、チェックが済むまであと何日かはかかると思いますが」

「チェックが済んだら、直ちに臨床試験の承認申請に入りたまえ。いいね」

「解りました」

「浅田常務から、君を取締役に昇進させるよう、申請書が出されている。ノントレポが商品化できた段階で、君の昇進を真剣に考えてみる。だから頑張ってくれ」

「ありがとうございます」

「これは殊勲賞だ。今日は早めに仕事を切り上げて、一杯やってきたまえ」

重松が机の引き出しから、茶封筒を取り出して、永山に差し出した。

「感謝致します」

永山は、深々と頭を下げ、両手で茶封筒を受け取った。封筒の厚さは、四、五十万円は入っていそうな手ざわりであった。

永山は、社長室を出ると、頬に手を触れた。上気している自分が解った。

重松社長は、重役昇進を目前に控えた者に対して、殊勲賞として金一封を贈る習慣があった。

帝北化薬の部長たちは、自分が殊勲賞を貰える対象になっているかどうか、いつも戦々兢々としていた。

（とうとう殊勲賞を手にしたぞ）

永山は、背広のポケットに入れた封筒を、強く握りしめた。重役の椅子が、間違いなく自分の手の中にある、という気がした。

永山は、本社ビルを出ると、道路を横切って中央研究所へ戻った。

第一開発部の部屋に入ると、部下の課長や主任研究員たちが、永山の傍へやってきた。

「どうだったんですか？」

毒物研究課長の吉井清一（よしいせいいち）が訊ねた。社長に呼びつけられた上司を、心配しているのである。重松社長が部長たちを呼びつけるときは、ほめるときか叱るときしかなかった。

「出たよ」

永山が、にっこりとして、肩を力ませた。

「出た？　何がです」

吉井課長が、首を傾（かし）げた。

永山は、背広のポケットから、封筒を取り出して、机の上に置いた。

「殊勲賞（しゅくんしょう）の金一封だ」

「えっ、永山部長に殊勲賞が？」

課長や主任研究員たちが、顔を見合わせた。

やや経って、吉井が拍手をした。その拍手が津波のように、第一開発部の部屋に広がった。永山が、苦笑しながら手を上げて、拍手を制した。

「永山部長なら、殊勲賞の対象になっていると思っていましたよ。ともかく、おめでとうございます」

吉井が、うらやまし気に言った。

「ありがとう。部下である君たちが頑張ってくれたから、貰えたようなもんだ。皆、今夜はこれで日頃の疲れをとってくれ」

永山は、茶封筒の中から気前よく二十万円を抜き取って、吉井に手渡した。主任研究員の一人が、

「凄い……腹が鳴ってきた」

と言った。部員たちの間に、ドッと笑いが起こった。

「それにしても、社長はなんの仕事を対象にして、殊勲賞を下さったのですか」

吉井が、食い下がった。

「そこまで君に詳しく報告しなければいかんのかね」

永山が、ジロリと吉井を睨みつけた。その一言で、部屋の空気が、たちまち硬化し

た。

「どうも失礼しました。失言です」

吉井は、慌てて頭を下げると、自分の席へ戻った。

このとき、終業ベルが鳴った。

「さ、今日は、みんな早く切り上げて、どこかで一杯やってきてくれ」

永山が言うと、部員たちはいそいそと机の上を片付け始めた。

「部長もご一緒しませんか」

吉井が、気まずそうに、永山を誘った。永山は、「いや……」と首を横に振った。

十分もすると、第一開発部の部屋には、永山を除いて、誰もいなくなった。

（重役……か。そのうち浅田常務を追い抜いてやるぞ）

永山は、天井を眺めながら煙草をくゆらせて、ひとりニッと笑った。

偽造データを作成した罪の意識は、もはや永山の胸中にはなかった。

〈重役〉の二文字が、びっしりと頭の中に詰まって、それが轟々と音をたてていた。

「さて、帰るとするか」

永山は、煙草を灰皿の上で揉み消して、部長席から立ちあがった。

白衣を背広に着替えて研究所を出た彼は、雑木林に囲まれた動物舎のほうへ歩いていった。日はすでに落ちて、あたりは暗かった。

永山は、動物舎の鍵を開けた。

彼は、退社間際には、自分の使っている実験動物の様子を、必ず確かめるのを日課にしている。永山は、動物の檻を一つ一つ見てまわった。

永山の足が、九匹目の双頭猿を産んだ、母猿の檻の前で止まった。

猿は、死んでいた。自分の腹を食い破ったのか、下腹部から内臓が飛び出していた。

（気まで狂ったか……）

永山は、暗澹たる気分で合掌をしてから、暫くの間死んだ猿を眺めていた。

悲しい気分だったがやがて〈重役〉の二文字が、彼の暗い気分を吹き飛ばした。

永山は、「今日まで有り難うよ」と猿の遺骸を、大きなビニール袋に詰めた。

永山たちの仕事、つまり新薬を開発し動物実験を行なう過程は、一般にフェーズⅠと呼ばれていた。

医療機関に委託する人体を対象とした試験、いわゆる臨床試験は、フェーズⅡである。

フェーズⅡによって、薬効がパスすると、製薬会社は、臨床例集めに入る。これがフェーズⅢであった。

すべてが一般人の目に触れない、『特殊な世界』で行なわれている。この『特殊な世界』が、企業秘密そのものであった。競争エネルギーの源でもある。

永山は、猿の遺骸の入ったビニール袋を手にぶらさげて、動物舎を出た。動物舎のまわりには、外灯が少なかった。永山は、焼却炉のほうへ歩いていった。

ふと見ると、暗がりの中に人の影があった。

「だれ？」

永山は、立ち止まって声をかけた。

「あ、永山部長ですね。私です。片霧です」

「なんだ、驚くじゃないか」

永山は、黒い影に近付いていった。

「今日は何軒もまわっていたので、すっかり遅くなってしまいました。焼却炉の中に犬の遺骸が二匹入っていたので、心を込めて処置しておきましたから」

「いつも、ありがとう。すまないが、これも頼めるかな。ビニール袋ごとね」

永山は、ビニール袋を片霧に差し出した。

永山は、このとき、片霧が不精髭（ぶしょうひげ）を剃（そ）り、背広を着ていることに気付いた。

「畏まりました」と片霧が、ビニール袋ごと、猿の遺骸を焼却炉にそっと入れて、作動スイッチを押した。焼却炉の作動する音が、あたりに響き出した。

「不精髭を剃って背広を着ると、まるで一流商社のエリート社員だね。これからは、その姿で研究所に出入りしてほしいね」

「そう心がけるようにします」

「今夜はどこかへ？」

「いつも永山部長に儲けさせてもらっていますので、赤坂あたりへご招待したいのですが」

「驚いたな。この私を？」

「ええ……」

「よほど儲けたね」

「一介の動物商の招待には応じて下さいませんか」

「いや、今日は気分がいいのだ。喜んで付き合うよ」

「光栄です」

二人は、まだ作動中の焼却炉に背を向けて歩き出した。焼却炉は自動停止装置を備えている。

「ご機嫌のようですが、何か良いことでもあったのですか」

片霧が訊ねた。

「うん。自分で言うのもなんだが、どうやら取締役になれそうなんだ」

「取締役……それは凄い。すると噂に聞く殊勲賞とやらが出たのですね」

「なんだ。君はわが社の、そんな慣例まで知っているのか」

「長く出入りさせていただいていると、いろいろなことを知るものですよ。それはともかく、おめでとうございます」

「ありがとう。これからは片霧動物にもっと儲けてもらうよう、私も協力するよ」

永山が、暗がりの中で、白い歯を見せて笑った。

片霧は、駐車場に止めてある大型ライトバンの助手席に、永山を乗せて研究所を出た。

「最初に赤坂の料亭へ行って、そのあと青山(あおやま)のクラブへご案内します。部長用の綺麗(きれい)どころを準備してありますので楽しんで下さい」

「それは有難いけれど、何だか手まわしが良くて、気味が悪いなあ。ははは っ……」

「ご自宅へお戻りのときは、外国車のハイヤーを頼んでありますから」

「おいおい、ますます手まわしが良すぎるぞ」

永山は、さすがに薄気味悪くなったのか、真顔で片霧の顔を見つめた。

「下心は、いっさいありませんから」

片霧が笑うと、「そうか……」と永山も苦笑した。

片霧がハンドルを左へ切った。タイヤが軋んで、永山の体が傾いた。

ライトバンは、かなりのスピードで走行していた。

「偽造したノントレポの動物実験データを、三輪教授に手渡しましたね」

片霧が、いきなり切り出すと、永山が、

「えっ」

と、前を向いてハンドルを握っている片霧の横顔を眺めた。

「ノントレポには、双頭児出産という恐ろしい副作用があるのでしょう。だが帝北化薬は定められた規範やルールを無視して、商品化を手伝おうとしている。そうでしょう」

「き、きみはいったい……」

永山は、かっと目を見開いた。唇が激しく震えていた。

「とめろ。車をとめろ」

永山が、片霧の肩を摑んで揺さぶった。

片霧は、左手の拳で、永山の脇腹を殴りつけた。永山が、

「うっ」

と呻いて顔をしかめる。

「製薬会社は、人の生命を預かっているんです。この業界は、これまでに幾人を犠牲にしてきたのですか。人命の犠牲の上に立って営利主義を優先させる製薬会社なら、潰れてもらったほうがいい……いや、少し言い過ぎました。大多数の研究者や研究スタッフたちは、一日一日の真剣さをこの上もなく大切にしている秀れた人たちです。だが、あなたは……」

「黙れっ」

「あなたは、恐らく自分の出世に目がくらんで、新薬の商品化を焦ったに違いない」

「貴様！」

永山が、運転する片霧の左頬を強く殴った。

片霧の鼻から、鮮血が垂れた。それでも片霧は、落ち着いてハンドルを握っていた。

「あなたを生かしておくと、再び恐ろしい薬剤を世に出そうとするでしょう。この世から去って戴けませんか、永山さん。真面目な大勢の研究スタッフたちのためにも

ね」

「な、なに……」

永山が、顔をひきつらせて全身を硬直させたとき、後部シートで巨大な影が動き出した。

ライトバンが、スピードをあげた。

（本書は平成十年九月、光文社より刊行された作品に、著者が刊行に際し加筆修正したものです）

重役たちの勲章

一〇〇字書評

切り取り線

購買動機（新聞、雑誌名を記入するか、あるいは○をつけてください）

□（　　　　　　　）の広告を見て	
□（　　　　　　　）の書評を見て	
□ 知人のすすめで	□ タイトルに惹かれて
□ カバーが良かったから	□ 内容が面白そうだから
□ 好きな作家だから	□ 好きな分野の本だから

・最近、最も感銘を受けた作品名をお書き下さい

・あなたのお好きな作家名をお書き下さい

・その他、ご要望がありましたらお書き下さい

住所	〒				
氏名		職業		年齢	
Eメール	※携帯には配信できません		新刊情報等のメール配信を 希望する・しない		

この本の感想を、編集部までお寄せいただけたらありがたく存じます。今後の企画の参考にさせていただきます。Eメールでも結構です。

いただいた「一〇〇字書評」は、新聞・雑誌等に紹介させていただくことがあります。その場合はお礼として特製図書カードを差し上げます。

前ページの原稿用紙に書評をお書きの上、切り取り、左記までお送り下さい。宛先の住所は不要です。

なお、ご記入いただいたお名前、ご住所等は、書評紹介の事前了解、謝礼のお届けのためだけに利用し、そのほかの目的のために利用することはありません。

〒一〇一‐八七〇一
祥伝社文庫編集長　清水寿明
電話　〇三（三二六五）二〇八〇

祥伝社ホームページの「ブックレビュー」からも、書き込めます。
www.shodensha.co.jp/bookreview

祥伝社文庫

重役(じゅうやく)たちの勲章(くんしょう)

令和 5 年12月20日　初版第 1 刷発行

著　者　門田泰明(かどたやすあき)
発行者　辻　浩明
発行所　祥伝社(しょうでんしゃ)
東京都千代田区神田神保町 3-3
〒101-8701
電話　03（3265）2081（販売部）
電話　03（3265）2080（編集部）
電話　03（3265）3622（業務部）
www.shodensha.co.jp

印刷所　萩原印刷
製本所　積信堂
カバーフォーマットデザイン　芥 陽子

Printed in Japan ©2023, Yasuaki Kadota　ISBN978-4-396-35025-3 C0193